レオン
Yusuke & Ishidou
「探偵見習い、はじめました」

祐介の顔の両側に手を着き、石堂はじっくりと味わうように
ゆっくりと舌を差し込んできた。
前回のキスで嬲られていたせいか、感じさせられるのは早かった。
舌に歯列をなぞられただけで、体から力が抜けていく。
（本文P.258より）

探偵見習い、はじめました

いおかいつき

キャラ文庫

この作品はフィクションです。
実在の人物・団体・事件などにはいっさい関係ありません。

目次

口絵・本文イラスト／小山田あみ

1

二週間ぶりの日本だ。とはいえ、二ノ宮祐介《にのみやゆうすけ》に特別な感慨はない。

大学卒業後すぐに勤め始めた関東中央《かんとうちゅうおう》銀行には、ニューヨークにも支店がある。そこに研修という名目で、将来の幹部候補たちが出張に行かされるのは、毎年恒例の春の行事の一つだった。今年は祐介がそのメンバーに選ばれた。自ら望んだことではないが、断るのも面倒で、言われるまま二週間をアメリカで過ごした。

帰国したのは昨日の朝で、今日から久しぶりの日本の銀行での勤務になる。

溜《た》まっているだろう仕事を片付けるため、通常よりも早く出勤した祐介は、自分のデスクに置かれたメモに気付いた。

『富野《とみの》様より電話あり。後日、また電話するとのこと』

短い文面に祐介は首を傾げる。他にもいくつか連絡のメモはあったのだが、名前に心当たりがないのは、その一枚だけだ。だが、折り返そうにも、相手の電話番号は記されておらず、かかってくるのを待つしかない。

だから、祐介は早々に業務に取りかかった。留守の間、極力、同僚の手を煩わせないように、先にできることは出張前に片付けて、後にできるものは出張後に回すよう、段取りはつけてあった。パソコンを起動させている間に、それらを順番に片付けていく。

「二ノ宮くん、もう今日から出てきてるの？」

驚いた声で呼びかけられ、祐介はその声の主に顔を向ける。五歳年上の栗原《くりはら》なるみが、書類を抱えて立っていた。

「仕事の溜まり具合が気になったので……」

「それにしたって、体は大丈夫？」

海外出張後は、時差ぼけもあるだろうと特別に一日だけ休暇を認められていた。だが、祐介はそれを断って出勤した。確かに長旅による多少の疲れはあるが、無意味な一日を過ごすよりは仕事していたかったからだ。

「大丈夫です」

祐介は短く答えて、すぐにパソコンに視線を戻す。不毛な会話で時間を潰《つぶ》すよりは、未読メールに目を通しているほうがよほど効率的で有意義な時間の使い方だ。

世間話には付き合わないという祐介の態度には、同僚たちももう慣れっこになっている。栗原は呆《あき》れているのかもしれないが、それ以上は何も言わずに立ち去った。

返信が必要なメールには同じくメールか、もしくは電話で連絡を入れ、祐介宛に届いていた郵便や宅配便にも目を通す。そうやって、黙々と業務をこなしていたから、騒ぎに気付くのが遅れた。

窓口で担当の長谷部梨枝《はせべりえ》が、女性客と何やら揉《も》めている。決して大きな声というわけではなかったが、奥の席にいた祐介は、その会話の中に自分の名前が含まれた気がして、顔を上げた。

「二ノ宮さん」

今度ははっきりと呼びかけられ、揉めていた客である溝端《みぞばた》が満面の笑みを浮かべて祐介を見つめていた。

銀行に常連客がいるというのもおかしな話だが、溝端は間違いなく常連だった。何しろ週に一度は足を運ぶのだ。用件はその都度、違っている。預金や出金、両替など、ＡＴＭで済むことでも、わざわざ時間のかかる窓口を利用するため、行内では有名な客の一人だ。

長谷部は祐介が気づいたことを知り、困惑顔で近づいてくる。

「どうかした？」

正面に立たれては問いかけずにはいられない。祐介は内心で迷惑だと思いながらも、長谷部に顔を向けた。

「溝端様が定期預金の手続きを二ノ宮さんにお願いしたいと仰《おっしゃ》ってるんですが……」

だからどうしてほしいとは長谷部は言わない。だが、溝端の応対を任せようとしているのがありありとわかった。長谷部は祐介より二年後輩だから、厄介な客は先輩に頼めばいいとでも思っているのだろうか。

祐介の担当は法人の融資で、個人の預金に手を貸す必要はない。だが、銀行にとって溝端は大事な客だ。資産家というほどではなくても、五十代独身の溝端が余裕のある暮らしを送っているのは、貯蓄額だけでなく、身なりや態度からもわかる。

「わかりました。私が手続きをします」

祐介は席を立って、急ぎ足で溝端のいる窓口に向かった。ここで長谷部と対応を協議するよりも、祐介がすぐ手続きに向かうほうが遥かに話が早く済む。

「溝端様、お待たせしました」

接客用の笑みを浮かべた祐介が近づくと、溝端は露骨に嬉《うれ》しそうな笑顔に変わる。さっきまで険しい顔で長谷部に詰め寄っていたときとは、まるで別人だ。

「ああ、よかった。やっぱり二ノ宮さんじゃないと」

「何か不手際がございましたか?」

溝端をカウンター越しの向かいの席に座らせ、二ノ宮もその前に座りながら問いかけた。

「そうじゃないんだけど、さっきのお嬢さんが融通が利かなくて……。私は新しく始まった定期預金を二ノ宮さんに手続きしてもらいたいって言っただけなのに」

「それは申し訳ありませんでした」

シナを作ったような話し方をする溝端を、祐介は作り笑顔でかわす。

窓口担当ではない祐介を呼ばなかった長谷部の対応は、間違っていないが、対処しきれず長引かせるなら間違いになる。ただでさえ、銀行での待ち時間の長さに客は苛立《いらだ》っているのだ。少ない窓口の一つをそんなことで塞いでしまうのは、他の客にとっても迷惑でしかない。だから、祐介は手っ取り早く問題を解決させる方法を選んだ。

「新しい定期預金のプランですと、こちらですね。いつもありがとうございます」

笑顔で頭を下げてから、早速とばかりに所定の用紙を差し出した。

手続き自体は難しいものではないから、祐介は手際よく作業を進める。そして、また溝口も相手が祐介なら、何一つ面倒なことを言い出さない。祐介の指示するとおりに用紙の空欄を埋めていく。唯一、問題があるとすれば、何度も上目遣いで祐介の顔を盗み見るせいで、若干、文字を書く速度が遅くなるくらいだ。

「これで手続きは全て終わりです」

祐介は手元に揃った用紙を確認して、溝端に告げる。

「あら、もう?」

溝端は残念そうに呟《つぶや》く。祐介が向かいに座ってからのほうが、さっき長谷部とやりとりしていた時間よりも短いかもしれない。それくらい簡単に済む手続きだった。

「溝端様にはいつも当行をご贔屓《ひいき》いただき、ありがとうございます」

「いいのよ。二ノ宮さんの顔が見たくて来てるようなものなんだから」

下心を隠そうともしない溝端にも、祐介は笑顔を崩さない。大学を卒業後、この関東中央銀行に就職して五年、建前の顔を作ることにも慣れた。そして、また容姿を褒められることにも、否応なしに慣れさせられた。

働き始めた頃は窓口担当だったから、祐介が接客に出ると、その顔を見て驚いたような表情をしたり、溝端のようにはっきりと言葉で褒め称えたりする客が多かった。

百七十七センチの長身に細身の体型というスタイルの良さに加え、涼しげな目元に通った鼻筋と薄い唇がバランス良く配置された端整な顔立ちは、芸能人かモデルのようだとよく言われた。銀行員にしておくのは惜しいと言う女性客も一人や二人ではなかった。その筆頭がこの溝端だった。転勤でこの新橋《しんばし》支店に移った後も追いかけてきたくらいだ。

もっともどれだけ褒められようとも、祐介は自分の容姿が好きではなかった。若い頃は美人だったのが自慢の母親に似ているせいだ。

祐介と母親の関係は少し複雑だった。物心ついた頃から、母親には愚痴ばかり聞かされていた。曰く、祐介を身ごもってしまったせいで、人生が台無しになったという類《たぐい》のものばかりだ。敬うことも慕うこともさせてくれないまま、母親は二年前に亡くなった。だが、今でも自分の顔を見れば、嫌でも思い出す。だから、できるだけ鏡は見ないようにして過ごしていた。

「新しいプランが出たらまた来るから、そのときはお願いね」

手続きが全て終わっても、立ち去りがたいのか、溝端は次の予約を入れるかのように言った。

「ありがとうございます。是非、よろしくお願いします」

祐介は深々と頭を下げて、溝端を見送った。

上機嫌で帰って行く溝端を見送ってから、祐介が席を立つと、ずっと見ていたのだろう長谷部が近づいてくる。

「これで問題がなければ、君を担当にして処理しておいて」

祐介は早速、書いてもらったばかりの書類を手渡した。

「いいんですか？」

契約数はそのままその行員の成績になる。長谷部は自分の手柄にしていいのかと、それを気にしているようだ。

「俺は窓口担当じゃないから」

祐介は素っ気なく言って、すぐに元いた自分の席へ戻ろうとしたところで、壁の時計が目に入った。予定外のことに時間を割かれたおかげで、もう正午を過ぎている。

「お昼に行ってきます」

祐介は誰にというわけではなく、周囲に声をかけた。さっきの作業を再開するよりも中断したついでに昼休憩を取るほうが合理的だと考えたからだ。

祐介は誰を誘うことも誰から誘われることもなく、一人きりでフロアを離れる。昼食を誘い合って一緒に食べるような親しい同僚は一人もいないからだ。

子供の頃から友達は少なかった。そして、それは増えることなく、年々減る一方だった。この一年、祐介が自分から『友達』に連絡をしていないことを考えれば、もう誰も『友達』ではないのかもしれない。

けれど、それに気付いたところで、祐介に後悔はなかった。そもそも祐介にとって人付き合いは面倒なものという認識しかない。相手の顔色を窺《うかが》って行動し、空気を読んで発言する。円満な人間関係を築くために必要なそれらが苦行にさえ思えた。おかげで今は気楽なものだ。仕事上の表面的な付き合いだけなら、仕事と同じ態度で通せばやり過ごせる。

「二ノ宮くん」

外に向かって廊下を歩いていた祐介は、不意に呼びかけられた声に足を止める。この銀行内でこんなに親しげに声を掛けてくるのは一人しかいない。その予想どおり、振り返った先には副支店長の松前《まつまえ》がいた。

松前は五十二歳で、祐介の父親世代になるのだが、紳士的でダンディな雰囲気を漂わせていて、実年齢よりも若く見える。だからなのか、女子行員たちからの人気は高かった。社内の付き合いはなくても、それくらいの噂《うわさ》は祐介の耳にも入っている。

「これから昼食かい?」

「ええ」

「私もなんだ。一緒にどうかな?」

　祐介が断るはずがないと確信した誘いだ。正直に言えば迷惑だが、ただの同僚ではなく副支店長が相手では断りづらい。しかも、松前は職場で孤立している祐介を何かと気遣ってくれている。副支店長としての責任なのか、元からの性格なのかは知らないが、世話になっているという恩を感じているから、過去にも誘われて何度か一緒に昼食を取ったことがあった。

「ありがとうございます。お供します」

　祐介は仕方なく、さっきと同じ作り笑顔を浮かべて答えた。

　松前と並んで歩き出すと、すれ違う行員たちが声を掛けてくる。祐介一人のときにはあり得ない光景だ。

「今からお昼ですか？」

「ああ。何かあったら携帯に連絡を頼むよ」

「わかりました」

　松前はなんでもないことのように受け答えしているが、祐介からすれば、どうしてこんなわかりきったことを尋ねてくるのかが不思議だった。挨拶《あいさつ》は仕方ないにしても、わざわざ自分から面倒な交流を増やすのは無駄としか思えない。

「今日は『魚善《うおぜん》』でいいかな？」

「お任せします」

　祐介は言葉少なに答えた。

松前がいつも選ぶ店は、ちょっと値段が張る代わりに、昼時のサラリーマンがごった返すということのない、落ち着いた雰囲気の店ばかりだ。祐介には分不相応なのだが、支払いをするだろう松前がそこがいいというのなら、祐介に反対する理由はなかった。

「ニューヨークからは昨日帰ってきたんだろう？　早速、今日から出勤とは仕事熱心だね」

「仕事の溜まり具合が気になって……。それに休んでいてもすることがありませんから」

「君の後だと、私もまっすぐ帰って来ないといけなくなるな」

「どちらかに出張ですか？」

「明日から大阪《おおさか》にね。もっとも私は明後日には戻ってくるんだが」

「お疲れさまです」

どんな出張内容か知りたいとは思わないし、松前がいつ戻って来ようが興味はない。祐介は形ばかりの相槌《あいづち》を打った。

「そういえば、さっきちらりと見かけたけど、また例のお客様が来られてたようだね」

思い出したように、松前が話題を変えた。どうやら、溝端とのやりとりをどこかから見ていたようだ。

「溝端様にはグリーン定期をしていただきました」

祐介は愚痴など言わず、事実のみを告げる。

溝端が祐介目当てに通ってきていることは、銀行内で知らない者のほうが少ないくらいだ。

この松前もよく知っているのだから、改めて、今更言うまでもない。

「君を窓口業務から外したことも、あまり効果はなかったかな」

「いえ、わざわざ指名までされるのは溝端様くらいですから」

「それならいいんだが」

苦笑いの祐介に、松前が納得したように言った。

祐介たちの勤める関東中央銀行では、新入社員はまず窓口を担当することになっている。祐介も例に漏れず、窓口に座っていたのだが、そのルックスが注目を集めるのに時間はかからなかった。祐介に担当してもらいたいという女性客が増え、当然の結果として、祐介の成績は上がっていく。そうなると同僚たちは面白くない。これではまるでホストクラブだと、陰口を叩《たた》かれ始めることになってしまった。それで、当時、まだ融資課長だった松前が、事態を重くみて祐介を自分のいる融資課へと異動させてくれたのだった。

「まあ、だからといって、今更、窓口には戻せないがね。君は融資課になくてはならない存在なんだよ」

松前に褒められるのはこれが初めてではなかった。だから、きっとお世辞ではなく、本当にそう思ってくれているのだろう。だが、実は祐介にはあまり実感がなかった。誰かのためではなく、黙々と与えられた仕事をこなしているに過ぎない。それが結果として評価され、海外研修組にまで選ばれたのだから、人生とはわからないものだ。

「融資課に大事なのは先を見る力だ。その点、君は情に流されることなく、集めた情報を冷静に分析している。いつだったか、反対する芹沢《せりざわ》くんを説得して、三谷《みたに》工業の融資を進めたことがあっただろう？」

「説得というほど大げさな真似はしていませんが……」

祐介は困惑の笑みを浮かべて、やんわりと否定した。

松前が口にした一件は、祐介もよく覚えている。それまで付き合いのなかった三谷工業の社長が融資を頼みに来たとき、融資課長である芹沢はろくに話も聞かずに断ろうとした。うちに来たのはメインバンクに断られたからで、長い付き合いの銀行が拒むだけの理由があるに違いないとのことだった。

だが、祐介はそれならそれで原因を知るべきだと、徹底的に調査した。メインバンクとの取引において、三谷工業が返済を滞らせたことは一度もないし、取引先も優良企業ばかりだ。今回、融資が必要な理由も新しい機械を購入するためで、どこにも問題は見当たらなかった。だから、社長とも何度も話した。何故、メインバンクでは駄目なのかを知るためにだ。

だからといって、祐介は世間話をすることもなく、必要なことしか口にしなかったのだが、その態度が逆に職人気質《かたぎ》の社長には好ましく映ったようだ。

「あの口数少ない社長から、喧嘩別れの理由を聞き出せたのは君の功績だ。銀行員は口が達者なほうがいいと思っていたが、君のおかげで考えが変わったよ」

これも褒められてはいるようだが、祐介は苦笑いしか返せなかった。

三谷工業のメインバンクの担当者から、執拗《しつよう》に投資を勧められていた社長は、それだけでもうんざりとしていたのに、将来の不安をなくすためにも投資をという担当者の言葉に激怒した。工場に将来性がないと言われたようなものだ。それが職人気質の社長には我慢ならなかった。それまでの担当者の態度にも問題はあったのだろうが、結果として、余計な一言が顧客を失わせた。祐介では絶対に起こりえない失敗といえるだろう。

「君はうちには大事な戦力だからね。何か困ったことがあったら、いつでも私に相談しなさい」

「ありがとうございます」

頼れる上司の態度を崩さない松前に、それでもやはりありがたいと思うよりも困惑が勝る。どうして、こんなに自分を構うのか。その理由がわからない。だから、祐介は作り笑顔で頭を下げるしかなかった。

祐介が昼食を終えて銀行に戻ったのは、午後一時少し前だった。早速、パソコンを起動させ、中断していた作業を再開させようとした。

「二ノ宮さん、富野様からお電話です」

待ちかねていたように、斜め向かいの席に座っていた後輩に呼びかけられた。メモにあった心当たりのない『富野』から、ようやく電話がかかってきた。何者かはわからないが、こうして帰国を待ちわびたように電話をしてくるのだから、余程の用があるに違いない。

「お電話代わりました。二ノ宮です」

仕事用の取り澄ました顔で、祐介は応対に出る。

『突然、申し訳ありません。私、野間友昭《のまともあき》さんの事務所で働いている富野と申します』

聞き覚えのない穏やかな男の声が、記憶の片隅に追いやっていた名前を祐介に思い起こさせ、一瞬で作り笑顔を奪い取った。

野間友昭。それは名前でしか知らない祐介の父親だ。未婚で祐介を産んだ母親は、父親の名前も何をしているか、どこにいるのかも、教えてくれなかった。

名前を知ったのは偶然だった。母親が亡くなったとき、母親宛に届いた古い手紙を見て知った。おそらく先に手紙を出したのは母親で、野間の手紙の内容はそれに対する返信だ。母親がどう言おうと、自分の息子だとは認めない。厳しい文体でそう書かれていた。

実際のところ、本当に野間が父親なのかどうか、その手紙だけでは判断できない。真実を知る母親はもういないし、野間にしても心当たりはあっても、確証がないから否定したのだろう。だから、祐介は手紙にあった野間のリターンアドレスに連絡はしなかった。自分に父親はいない。これまでと同じだ。そのとき確かにそう思ったはずなのに、たった一度、目にしただけの名前を忘れていないのは、自分にも父親がいるのだと思っていたかったからだろうか。

『二ノ宮さん？』

返事のない祐介に、富野が再度、呼びかけてくる。

富野がどんな目的で電話をかけてきたのか、どうして、勤め先を知っているのか、聞きたいことは山ほどあるのだが、ここではまずい。何しろ、父親に関する話をどんな顔で聞けばいいのか、その心構えが祐介にはなかった。

「すみませんが、すぐにかけ直しますので、そちらの番号を教えていただけますか」

祐介は周囲を気にして声を落とすと、場所を変えるための提案をした。祐介は母子家庭で育ち、その母親を亡くした今は、天涯孤独の身。銀行内ではそれで通っている。だから、父親の話などこの場ではしたくなかった。

『それは配慮が足りず、申し訳ありませんでした』

富野はすぐに祐介の意図を察してくれた。勤務時間中の職場にかけてきた電話だから、想像しやすかったのだろう。事務所の番号だと言って十桁《けた》の数字を告げた後、富野がすぐに電話を切る。

祐介も一旦、電話を切ると、場所を変えるためにトイレの振りをして席を外した。そして、誰もいないところまで移動してから、携帯電話で教えられたばかりの番号に電話をかける。

「二ノ宮です」

『お手数をおかけして申し訳ありません』

応対に出た富野は恐縮した様子で、まず詫《わ》びてきた。

「いえ、かまいませんが、それよりどういったご用件でしょうか?」

挨拶もそこそこに祐介は早く業務に戻るため、本題を促した。

『大変、申し上げづらいのですが、二週間前に野間さんがお亡くなりになりました』

富野はおそらく息子である祐介を気遣ってなのだろうが、神妙な口調で語り出す。

言っていることの意味はわかる。野間は祐介の父親とおぼしき男で、その野間が亡くなったということは、本当の意味で父親がいなくなったことになる。だが、実感は湧《わ》かない。ずっと父親はいないと思っていた。今更、死んだと聞かされても、ああ、そうなのかと思うだけだった。

『すぐにご連絡させていただいたのですが、海外出張中でしばらく戻られないとのことでしたので、ご遺体をそのままにしておくわけにもいかず、勝手ながら私たちで葬儀を行わせていただきました』

「それは……、ご苦労様でした」

他に適当な言葉が思い浮かばず、祐介は相槌程度の言葉を返す。それが富野には予想外の反応だったらしい。電話の向こうで驚いたように息を詰まらせたのが聞こえてきた。実の息子の対応にしては、あまりにも冷たすぎるとでも思っているのだろう。

『生前の野間さんの希望で、遺骨は海に散骨しましたが……』

「本人の希望なら、それでいいんじゃないですか」

祐介は相変わらず興味なさそうに相槌を打つ。そもそも祐介の考えでは人間は死んでしまえば終わりだ。死後の世界などないのだから、墓も仏壇も無意味でしかなかった。それがたとえ父親と言われる相手であろうと、気持ちは変わらない。

「そんなことより、私のことはどこでお知りになったんですか？」

祐介でさえ、父親かもしれない野間のことは名前しか知らないのだ。それなのに、どうして、父親と一緒に働いていただけの富野が知っているのだろうか。父親の死よりも、そのことのほうが祐介は気になった。

『生前から息子さんがいることは聞いていました。それで、野間さんの遺品を探して、あなたのお母様からの手紙を見つけたんです』

「そうでしたか」

納得できたと同時に疑問にも思う。あんなに冷たく拒絶しておきながら、まだ母親からの手紙を残しておいたというのが不思議だった。

『あの……、死因をお聞きにならないんですか？』

「聞いたところで生き返るものでもないでしょう」

素っ気なく答えたのは、一秒でも早くこの電話を切り上げたいからだ。父親のことなど何も知りたくなかった。どうやっても、もう会うことは叶わないのだから、それなら、いっそ何も知らないままのほうが、思いが残らなくていい。

「もういいですか?」

『いえ、お電話したのは、野間さんの遺品のことです。是非、息子である二ノ宮さんに受け取っていただきたくて……』

「お断りします」

富野の言葉を最後まで聞き終わらないうちに、祐介はきっぱりと断った。

「私は認知もされていませんから、今更、父親のものを受け継ぐ謂《いわ》れはありません。会ったこともありませんし、そもそも本当の息子かどうかも不明なんですよ」

祐介は自嘲《じちょう》気味に笑って言った。野間本人が言っていたことだ。それなのに、死んだ途端、息子だからと言われても、野間も迷惑に違いない。

「そういうわけですから、私のことは気になさらず、ご迷惑をおかけした方々で、遺品やその他、もろもろのものを分け合ってください」

『そういうわけには……』

「それから、今後はその野間という人のことで電話をかけてくるのはやめてください。迷惑ですから」

最後に駄目押しのように強い口調で言ってから、祐介は返事も待たずに電話を終えた。

携帯電話をポケットにしまいながら、自然と出てくる溜息に気付く。余計なことに時間を割かれ、気持ちまで乱された。関係ない、気にしないでいようとしても、完全に割り切れるものではない。だからこそ、祐介も父親の名前を忘れられずにいたのだ。

だが、本当に今更だ。生きているうちならともかく、死んでから他人になんだかんだと言われたところで、何かが変わるとは思えない。それなら、死んだことも知らずにいたかった。そうすれば、僅《わず》かでも心を乱されることもなかった。

すっきりしないまま仕事に戻り、それでも淡々といつもの業務をこなしていく。感情を殺すのには慣れているし、元々、親しく付き合ってもいないから、微妙な変化を同僚に気付かれることもなかった。

そうして一日の仕事を終え、銀行を出たのは午後八時を過ぎてからだった。ここから自宅マンションの最寄り駅までは山手線《やまのて》一本だが、そこから歩いて二十分かかる。徒歩時間が長いと雨の日は厄介なのだが、トータル三十分強で済む通勤時間は魅力的だった。

銀行からＪＲの新橋駅を目指して歩き出す。通い慣れた道だから、わざわざ周りを確認もしない。だから、不意に肩を摑《つか》まれたときには、祐介にしては珍しく驚いた。

「二ノ宮祐介だな？」

問いかけながらもほぼ断定するように声を掛けてきたのは、祐介の全く見知らぬ男だった。歳は三十代前半といったところだろうか。百八十センチを軽く超える長身に筋肉質なたくましい体は、スーツを着ていてもわかるほどだ。顔立ちは派手で男前の部類に入るが、傲慢《ごうまん》さが鼻につくような印象を持った。

「誰だ?」

祐介は眉間に皺《しわ》を寄せ、不信感を露骨に示して問い返す。誰だかわからない相手に素性を知られるのも嫌なものだし、何よりこの居丈高な態度が気に障った。だが、職場近くで揉めているところも見られたくなくて、声のトーンは落とした。

「石堂晋太郎《いしどうしんたろう》。お前の親父さんの知り合いだ」

「その知り合いが何の用だ?」

そう尋ねながらも、祐介におおよその見当はついていた。おそらく、昼間の電話の続きだろう。祐介が一方的に電話を切っただけで、富野に納得している様子はなかった。

「話は車の中でする。乗れよ」

石堂はすぐそばに停めていた白の乗用車を顎《あご》で指し示す。

当然、付き合う義理もないし、断りたかった。だが、同じように銀行から出てきた同僚が、物珍しそうに祐介たちを見ているのがわかり、これ以上の注意を引きたくなくて、祐介は黙って頷《うなず》いた。今、無視をして立ち去ったところで、また来られても迷惑だ。それなら、今日で終わらせたかった。

助手席に祐介が、運転席に石堂が乗り込むと、すぐに車が走り出す。

「どこに行くつもりだ？」

ただ車内で話をするだけかと思っていたから、祐介は問わずにはいられなかった。

「親父さんの事務所」

石堂はまっすぐ前を向いたまま、ぶっきらぼうに答える。

「俺がそんなところに行く必要はないだろ」

「見てみたいとは思わないのか？」

石堂の口調には、どこか責めるような響きが感じられた。父親が亡くなったというのに、死因さえ聞こうとしない祐介の態度が腹立たしいのかもしれない。

「興味がない」

「お前の父親だろうが。なんで、興味がないんだよ」

今度ははっきりと責める口調に変わった。石堂は父親の死を悲しもうとしない祐介を責めているのだ。

「電話で富野さんとやらにも言ったが、俺が本当の息子かどうか定かじゃない。あくまで俺の母親が言ってるだけのことだ。それに、一度も会ったことがないっていうのに、どうやって父親だと思えって？」

祐介はできるだけ冷静に気持ちを伝えられる言葉を探した。祐介の感情をわかってほしいとは思わない。ただ勝手な理屈を押しつけないでほしいだけだ。

「会おうとしなかったのか?」

普通は会いたいと思うはずだ。石堂の言葉の裏が、他人の感情に疎いはずの祐介にさえ、簡単に透けて見える。

「無駄な労力は使いたくない」

「親に会うのが無駄なことかよ」

「会いたいと思っていない相手を説得してまで会おうとするのは無駄だろう。今のこの状況と同じだ」

祐介はこうして車に乗せられていることが迷惑だと暗に伝える。もっとも、電話をかけてくるなと言った後で押しかけてきたことを考えると、軽い嫌みなど通じそうにはない。

「親父さんの死因は心不全だ。寝ている間のことで、連絡の取れない親父さんを心配して俺たちが見に行ったときには、もう死んでた」

聞いてもいないのに、石堂は死因を話し始める。それはまるで、祐介が一緒に暮らしていなかったことを責めているようにも、もっと早く気付けなかった自分たちを責めているようにも聞こえた。

「その前の晩まで一緒に酒を飲んでて、予兆なんてまるで感じられなかった」

「そんな話を俺に聞かせて何がしたいんだ?」

「ただ俺が話したいだけだ」

祐介に人並みの反応を求めても無駄だと考えたのか、石堂は方法を変えてきた。もっとも、どんな作戦をとられようが、祐介は態度を変えるつもりはなかった。

「そういえば、どうして俺の顔がわかった？」

祐介はふと思いついて疑問を口にする。何時から待っていたのか知らないが、その間、祐介以外にも銀行から出てきた行員はいたはずだ。それなのに、石堂は確信を持ったように、祐介の肩を摑んだ。祐介の顔は母親そっくりなのだから、父親の面影を見つけてということはないだろう。

「年格好から当たりをつけたんだよ」

「そこまで話をしてたのか？」

富野から電話で聞いた限りでは、ただ息子がいることしか知らなかったようだったから、祐介の年齢まで教えているとは思わなかった。

「お前、富野さんから聞いた印象とは随分と違うな」

「気を遣わなければならない相手じゃないからな」

同僚や仕事相手なら付き合いを考えて、改まった態度にならざるをえない。富野のときも職場内で受けた電話だったし、面倒を避けるために丁寧な対応を心がけた。だが、石堂はそのどれにも当てはまらない。むしろ、反感を持って、二度と近づきたくないと思われたかった。だから、自然と素っ気なく冷たい態度になっていた。

「相手を見て態度を変えるって？」

「当然だろ」

どこまでも頑なな祐介に、石堂はこれみよがしの溜息を吐くと、それきり口を閉ざした。

他人との会話に詰まることなどしょっちゅうだし、祐介には慣れた空気だが、石堂は気詰まりなのか、右手はハンドルを握ったままで、左手でカーステレオのスイッチを入れた。

よくわからない音楽が流れる中、走ること四十分、車は古びた雑居ビルの前で停まった。

「着いたぞ」

石堂にそう言われて、祐介は車から降りた。

「ここの三階だ」

石堂は先に立って歩きながら、祐介に説明する。その言葉どおり、ビルに入ってすぐのところにある案内板の三階部分に野間の文字があった。

野間探偵事務所。祐介は大抵のことには驚かない自信があったのだが、さすがにこれは予想外で目を見張った。

だが、驚きとともに納得もできた。富野もここで働いていたのなら探偵なのだろう。探偵なら、手紙のリターンアドレスしかなくても、祐介の居場所を突き止めることも可能なような気がする。

祐介の驚きなど余所《よそ》に、石堂はさっさと階段に向かう。エレベーターは見当たらなかった。

だから、祐介も仕方なく石堂と同じように階段を使った。

三階まで上がると、すぐのところに『野間探偵事務所』と記したドアが目に入り、石堂はそれをノックもせずにいきなり開けた。

「連れてきたぞ」

「本当に連れてきたの?」

石堂の言葉に対して、呆れたような響きを持った問いかけが返ってくる。その声には聞き覚えがあった。祐介は石堂の背後から顔を覗《のぞ》かせ、その声の主を確認する。

「二ノ宮さんですね。私がお電話を差し上げた富野です」

祐介を見た途端、富野は態度を改め、穏やかな笑みを浮かべて自己紹介する。

電話のときにも感じていたのだが、実際に会っても、富野は穏やかな青年という印象だった。落ち着いた物腰から祐介よりも年上だということは判断できる。スラックスにノーネクタイのシャツ姿は爽《さわ》やかで、常に笑顔に見える一重の細い目が、より温和な雰囲気を醸し出していた。柔らかい話し口調のせいか、男臭さを感じさせない。石堂とは対照的な男だ。

「すみません。強引で驚かれたでしょう?」

「ええ。どういうことですか?」

ここでは愛想笑いは必要ないと、祐介は真顔で問い返す。

「立ち話もなんですから、座りませんか」

富野が窓近くに設置された応接ソファを勧めてくる。すぐには話が終わらないと言われているようで、祐介はうんざりした気持ちで腰を下ろした。

さほど広くない室内は、他にデスクが二つとキャビネットがいくつかあるだけだ。その中でも背丈の低いキャビネットの上に、コーヒーメーカーがあり、富野は手際よくそこからコーヒーをカップに注ぎ、運んでくる。

「どうぞ」

そう言いながら祐介の前にカップを置くと、富野はもう一つをテーブルに乗せて、その前に座った。

「俺の分は？」

石堂が不服げに問いかける。

「欲しいなら自分で淹《い》れれば？　いつも勝手に飲んでるでしょ。マイカップまで持ち込んで」

祐介に対するのとは態度を変え、富野が素っ気なく顎でコーヒーメーカーを指し示した。

「仕方ないな」

文句を言いつつも、石堂はさっきまで富野がいた場所へと移動する。

「あの男はこの事務所の方じゃないんですか？」

祐介にしては珍しく自分から富野に質問した。これまでの態度から、てっきり事務所関係者だと思い込んでいた。だが、富野の対応を見ると違うらしい。そうなると、次に浮かぶ疑問は、何者なのかということだ。

「彼はお客さんの一人です」

富野の答えは予想外のものだった。探偵事務所なのだから、客がいて当然だ。だが、探偵事務所に入り浸る客がいるのは理解しがたい。

「その他大勢扱いはひどくないか？　ここは俺でもってるようなもんだろ」

「まあ、確かにここ数年、依頼の半分くらいは君からだったかな」

「だろ？　だから、俺にはもっと愛想良くしてもいいんじゃないの？」

そう言って石堂がこれ見よがしに背中を背もたれに預けてふんぞり返る。

「依頼のとき以外でも入り浸ってるから、客扱いする気がなくなるんだよ」

「やっぱり客扱いしてなかったんだな」

石堂が苦笑いを浮かべてぼやく。ぽんぽんと会話が弾んでいることから、ただの客でないことは明らかだった。だが、祐介には探偵事務所の常連になるほどの依頼が存在することが不思議で、首を傾げた。現に祐介はこの瞬間まで、探偵事務所に足を運んだことはなかった。

「親父さんは俺の情報屋もしてくれてたんだよ」

祐介の表情から納得していないのが理解できたのか、尋ねてもいないのに、石堂が自ら説明し始める。

「俺は刑事でな」

そう言いながら、石堂は言葉だけでなく実際に証明するため、警察手帳を示してきた。開かれた手帳の中には、確かに石堂の顔写真と名前が記されている。

「親父さんには事件に関する情報を集めてもらってた。かなり優秀な情報屋だったんだよ」

「警察が民間の力を借りたりするのか」

嫌みを言ったつもりはなく、単純な疑問を口にしただけだったのだが、石堂は明らかにムッとして顔を歪《ゆが》めた。

「捜査にかかる時間を短縮させてたんだよ。親父さんに頼めば、俺はその間、他の捜査ができるからな」

「別にそんな説明は求めてない」

気のない言い方で答えると、石堂はますます表情を険しくする。

「さっきからその態度はなんだよ。親父さんが死んだってのに、もっと他に言いようがあるだろ」

怒鳴りつけるような勢いで祐介を責める石堂を見ていると、石堂が父親のことを慕っていたのがよくわかる。だから、息子でありながら、素っ気ない態度をとり続ける祐介に憤っているのだろう。

「何度も言ってるが、本当の父親かどうか……」

「そのことなんですけど」

富野が遠慮がちに祐介を遮った。

「野間さんがあなたの父親だというのは、間違いないようですよ」

そして、その言葉に続いて、封筒を差し出してくる。

「この手紙からあなたの居場所を探し出しました。中を見てください」

富野に促され、祐介は渋々ながら封筒を手に取った。父親の名前を記した文字に覚えがある。裏を確認すると、やはりリターンアドレスに書かれていたのは母親の名前だった。消印を見ると時期的には、祐介が見た母親宛の手紙と同じくらいのものだ。

この中に何が記されていて、何が野間を父親だと決定づけるのか。知らずに済まそうとしていた自分のルーツがわかるのなら、やはり見ないではいられない。祐介は富野に言われるまま、封筒の中身を取り出した。

「……これって……」

読み進めて思わず呟きが零れる。これは祐介が見た母親宛の手紙に対する、母親からの手紙だった。

祐介が本当の息子であること、DNA鑑定をして証明するから協力しろと、かなり強い文面で母親の筆跡により書かれていた。

「鑑定してもいいと言うくらいですから、あなたが野間さんの息子だというのは、間違いないと思いませんか?」

「そう……ですね」

母親の性格を知っているだけに、祐介も認めるしかなかった。嘘を吐かないというのではない。人に負けるのが嫌いだから、勝算のない勝負をしないのだ。

「それに何より、野間さん自身が自分には息子がいると言っていたんです。これであなたに連絡すべきだと思った理由を納得してもらえましたか?」

「人の感情としてはそうなんでしょうね」

実の父親だという可能性が強まっても、実感は湧かなかった。祐介はどうしても他人事《ひとごと》のようにしか思えない。

「ですが、認知されていない以上、戸籍上は他人です。俺に父親はいません。だから、その人の何かを引き継がなければいけない理由はないんですよ」

躊躇《ためら》いなく言い切る祐介に、石堂と富野は唖然《あぜん》としたように顔を見合わせている。二人にとっては祐介の態度は信じられないものなのだろうが、一般的な親への感情を知らないのだから仕方ない。それに、赤の他人である二人にそこまで合わせる必要も感じなかった。ここまでやって来たことだけでも、感謝してほしいくらいだ。

「なんだって、そんなに頑固なんだよ」

石堂は明らかに苛立っていた。そばにいる富野がその態度を咎《とが》めないのは、彼も同じ思いだからだろうか。

「頑固なわけじゃない。ただ、面倒なことに巻き込まれたくないだけだ」

「実の父親の死が面倒ごとか」

「少なくとも、こんなことに巻き込まれてる」

うんざりした顔で答えると、石堂は何か言い返そうとしかけて、すぐに口を閉ざした。考えを巡らしているのは、その表情でわかったが、自分に無関係のことではなさそうで、祐介は嫌な予感がする。

「わかった。一日だけ、俺と付き合え」

「何を言ってるんだ?」

意味がわからず、祐介は訝《いぶか》しげに目を細めて問い返す。

「一日だけ俺に付き合ったら、もう親父さんのことでは何も言わない」

何も言われなくなるのはありがたいが、要求の内容が胡散《うさん》臭すぎる。祐介は石堂を睨《にら》み付けるように見つめて真意を探ろうとする。

「それに何か意味があるのか?」

「俺にはある。多分、お前にもな」

石堂の言葉に説得力はなかったが、有無を言わせぬ力強さはあった。何が石堂にそこまで言わせているのか。石堂を動かすものは何なのか。祐介にはそれが全く理解できなかった。だから、咄嗟《とっさ》に断れなかった。

「一日くらい、仕事を休めるよな?」

「休めなくはないが、休む理由はない」

「付き合わないと、警察手帳を振りかざして銀行に乗り込むぞ」

とんでもない脅し文句を切り出され、祐介は呆気《あっけ》に取られて言葉に詰まる。まさか、本気でそこまではしないはずだが、それくらいの気持ちがあることは伝わってきた。

「本当に、それで終わりにしてくれるんだな?」

一日我慢すれば、その後の面倒がなくなるなら、祐介にとっても悪い条件ではない。だが、その約束が本当に守られる保証はないと、祐介は疑いの眼差しを向けた。

「なんだよ、その目は」

石堂が祐介の視線に気付き、ムッとしたように問いかけてくる。

「そりゃ、疑ってるからでしょう。警察の名前まで使って脅してくるような奴が、素直に約束を守るとは思えないからね」

富野は見事なくらい、祐介の気持ちを完璧に代弁してくれた。そして、今度は祐介に顔を向けると、

「一日でも面倒だと思いますが、その後は私が責任を持ちますから、一日だけ付き合ってあげてくれませんか?」

石堂の提案を後押ししてきた。石堂だけなら不安もあったが、どちらが信用できるかといえ

ば、圧倒的に人の良さそうな雰囲気を醸し出す富野だ。その富野がここまで言うのなら、妥協するしかないだろう。何しろ、発端は父親のことなのだ。血の繋《つな》がりのある可能性が、限りなく高くなった以上、これまでより無関係を貫くわけにはいかなそうだ。

「明日、一日だけだからな?」

また職場に押しかけてこられるよりはマシだと、祐介は覚悟を決めた。

「ああ。一日でいい」

「わかった」

渋々ながら要求に応じた祐介の頭には、とにかく早くこの一件を終わらせたい。それしかなかった。

いなかったはずの父親のことで、今更、煩わされるのはご免だ。今はまだ冷静だが、こんなふうに父親を知る人間と関わることで、万一にでも、父親に会えなかったことを悔やみたくなかった。過去はもう取り戻せないのだ。

とにかく明日で全てを終わらせる。祐介は改めてそう決意した。

2

一日付き合えと言ったくせに、石堂が迎えに来ると言った時刻は午後一時だった。

銀行には朝一番で体調を崩したと連絡を入れた。やはり海外出張明けは時差ぼけや疲れもあったのだろうと、全く疑われることなく、お大事にと言われただけで済んだ。

約束の時刻を少し過ぎた頃、室内にインターホンの音が響き渡る。祐介は一つ溜息を吐いてから、玄関に向かった。

「悪い、遅くなった」

祐介がドアを開けるなり、石堂はまず詫びの言葉を口にする。昨日までの強引な態度からすると、意外なほど腰が低い。

「仕事か？」

「非番だったんだけどな。なかなか思うようにはいかない」

石堂は刑事だ。急な仕事というなら、事件が起きたのだろう。それならここで何の得にもならないことをしている場合ではない。

「だったら、捜査に戻ればいいだろう」

「いや、あっちはもう片付いた。たいした事件じゃなかったからな」

できる刑事風に嘯《うそぶ》く石堂に呆れつつ、今日の予定は変わらないのかと祐介は落胆する。

「それじゃ、行くか」

石堂に促され、外に出ると、昨日と同じ車がマンションの前に停まっていた。

「今日はどこに行くんだ?」

助手席に乗り込み、運転席に座った石堂が車をスタートさせてから、祐介は初めてその質問を口にした。

「いろいろだ」

「いろいろ?」

曖昧《あいまい》な答えの意味を問い返しても、石堂には明確に答えるつもりはないらしい。それきり黙ってしまった。

元々、父親のことでしか繋がりのない二人だ。共通の話題などあるはずもなく、車内は沈黙しか流れなかった。

石堂が車を走らせ続け、着いた先は父親の事務所に近い飲み屋街だった。

「まさか、酒を飲もうって?」

こんな昼間から、しかも車で来ているのにという意味合いを含ませ、祐介は問いかける。

「俺は飲まないが、お前は飲みたければ飲めばいい」

石堂はそう答えて、コインパーキングに車を停めた。

「ほら、行くぞ」

偉そうに言われても、一日だけは付き合うと約束した以上、祐介も従うしかない。車を降りた石堂に連れられて入ったのは、雑居ビルの一階にあるバーだった。

「いらっしゃい」

石堂の顔を確認し、気安く出迎えの言葉を口にしたのは、カウンターの中にいた男だ。年の頃は四十前後といったところだろうか。マスターなのか、バーテンダーなのかはわからないが、カウンター席しかない狭い店内に、他に人の姿はなかった。

「いくら常連でも、この時間から酒は出せないよ？」

この言葉から察すると、今は営業時間外で、男は開店に向けての準備をしているだけのようだ。

「わかってるって。ちょっと話を聞きたいだけだから」

親しげに話しながら、石堂は勝手に腰を下ろし、隣の席を祐介に勧める。

「こちらは？」

男が見知らぬ祐介の素性を石堂に尋ねる。

「野間さんの息子」

「ああ、前に言ってた……」

すぐに納得したように頷く男を見て、父親が自分には子供がいるのだと認めていたことを祐介は認識させられる。

「こんなときに海外になんか行ってやがるから、昨日、やっと連絡が取れた」

「仕事だ。他人に文句を言われる覚えはない」

言われっぱなしでおとなしく聞いている義理はないと、祐介は冷たく言い返す。

「何?　二人は前から知り合い？」

「まさか」

男の質問に祐介は即座に否定するが、石堂はその代わりに逆に問い返す。

「なんで、そう思った?」

「いや、息が合ってるなって、やっぱり、野間さんの息子だからかな」

まるで父親と似ていると言われているようで、祐介は不快さに顔を顰《しか》めた。石堂もこの男も野間とは面識があって、比較することができる。だが、祐介にはそれができないのだ。

「で、俺をここに連れてきた目的は?」

世間話に付き合わされているだけのような状況に微《かす》かな苛立ちを覚え、祐介は自ら話題を振った。

「マスターは親父さんに息子がいると知ってた、数少ない人間のうちの一人だからな」

「だからって、そのときの話を聞きに来たに決まってるだろ」

「だから？」

今度は石堂が苛立ったように、強い口調で言った。どうやら、石堂はどうしても祐介に野間を父親だと認めさせたいらしい。

「それに何か意味があるのか？」

「お前は親父さんを誤解してる」

石堂の台詞《せりふ》は、安いテレビドラマに出てきそうで、祐介の失笑を生む。もっとも感情表現が乏しいから、僅かに口角が上がった程度だが、石堂は目敏《めざと》くそれに気付いた。

「何がおかしい？」

「誤解してるのはそっちだろ。俺は事実を受け止めてるだけだ」

「事実？」

冷たい口調の祐介を、石堂は眉間に皺を寄せ、睨み付けてくる。

「俺と父親は会ったこともなければ、これからも会うことはない。それは間違えようのない事実だ」

「もう会えないから、せめて親父さんがどんな人間だったのか、どんな生き方をしてたのかくらい、知っておきたいとは思わないのかよ」

熱く語る石堂は、祐介から見ると、まるで異星人だ。祐介はずっと仕事以外では人と関わらないようにして生きてきた。それが一番楽だったからだ。他人の感情に振り回されるのは苦痛だし、それによって生活スタイルを乱されるのも嫌だった。石堂のように自ら他人に関わっていこうとする生き方は、到底、受け入れがたかった。

「他人事なのに、なんでそこまで熱くなれるんだ。うっとうしい男だな」

祐介はうんざりした口調で顔を顰める。勝手に熱くなる分にはどうでもいいが、それを押しつけられるのは迷惑でしかないことを隠さず伝える。

「俺がうっとうしいんじゃなくて、お前が冷めすぎてるんだろうが」

「とりあえず近づくな。暑苦しい」

詰め寄ってくる石堂を、背中を反らせることで遠ざけ、祐介は露骨に不快感を示す。

「その態度はなんだよ」

暑苦しいとまで言われて頭に血が上ったのか、石堂が立ち上がる。一触即発の空気を出しているのは石堂だけだが、このままでは否応なしに祐介も巻き込まれてしまう。喧嘩になるのは本意ではないが、そうなったらとりあえず被害を最小に食い止めるため、外に出るのが先だなと、祐介は冷静に状況を判断していた。

「まあまあ、二人とも落ち着いて」

マスターが苦笑いしながら、カウンターの中から祐介と石堂の間に手を伸ばして、二人を遮る。第三者の存在を忘れていたのか、石堂はハッとした顔で椅子に座り直した。

「お茶でも飲んでクールダウンしなよ」

マスターはいつから用意していたのか、バーには似つかわしくない、まるで寿司屋で出てきそうな大ぶりな湯飲みを二人の前に並べた。

クールダウンといいながら熱いお茶かと不思議に思う祐介の隣で、石堂はさっきまでの険しい表情を消して、嬉しそうに笑う。

「親父さんの梅昆布茶だな」

「バーに来て、シメに梅昆布茶と言い出すのもどうかと思うけど、あんなに美味《おい》しそうに飲まれちゃ、切らせるわけにはいかないよな」

二人は祐介を置き去りにして、しみじみと野間の思い出に浸っている。

バーで梅昆布茶を好んで飲む男。そんな情報が増えたところでどうなるというのか。祐介は所在なげに湯気を立てている湯飲みを見つめた。

「その湯飲み、野間さん専用なんだ」

「あなたまで俺に思い出を押しつけようというんですか?」

「そういうわけじゃないけど、ま、顔馴染みの肩を持とうかなってね」

だから、マスターは石堂の意図に気付き、わざわざ熱い茶を出してきたらしい。野間だけでなく、石堂もこの店の常連らしい。そして、石堂も野間も少なくとも肩入れをされるくらいの付き合いがあるようだ。

「わかりましたよ。好きなだけ思い出を語り合ってください。どうせ、聞くまで帰さないってことなんでしょうから」

祐介はマスターに向かって投げやりに言った。そのことに意味があろうがなかろうが、石堂がそのために祐介の一日を使うつもりである以上、祐介に他の選択肢はない。後の面倒を避けるため、付き合うと言ったのは祐介なのだ。

「そういうふうに言われると言いづらいな」

マスターが苦笑して、石堂に同意を求めると、石堂もまた苦々しげな顔をしている。

「おとなしそうな男に見えてたのに、まさか、こんな男だとは思わなかった」

憮然《ぶぜん》とした石堂の呟きに、祐介は引っかかりを覚える。

「おとなしそうな男って、それ、いつの印象だ？　お前とは昨日、会ったばかりのはずだ」

祐介が冷静に指摘すると、石堂は不自然に視線を逸らした。

「もしかして、お前は前から俺のことを知ってたのか？」

今の態度だけではない。考えてみると、最初からおかしなことがいくつかあった。初対面なのに全く迷わず祐介に声を掛けてきたことや、前からの知り合いかという質問に答えなかったこともそうだ。

「知ってた」

もう隠せないと悟ったのか、石堂は渋々ながらに認めた。

「いつからだ？」

「一年前」

「本当に？」

驚いた声を上げたのは、マスターだった。

「いや、だって、手紙を見るまでは、どこの誰かわからなかったって言ってなかった？　それで、富野くんに頼まれたお前が調べてきたって話じゃ……」

「つまり、周りには嘘を吐いてたわけだ」

祐介はジロリと横目で石堂を睨み付ける。

「どうして、そんな真似をした？」

「俺も聞きたいな」

祐介とマスターから責められ、石堂はとぼけた顔で肩を竦《すく》める。

「簡単な話だ。顔を見てみたかったんだよ」

「顔って、俺の顔を？」

「他に誰がいる」

刑事だからか、尋問されている立場にいるのが不服なのか、石堂は仏頂面になりながらも、尋ねられたことには答えた。

「ってことは、野間さんに頼まれたわけじゃないんだ？」

「ああ。俺が勝手にした」

マスターの問いかけに石堂が頷く。

「俺の顔を見て何がしたかったんだ？」

祐介には石堂の目的がわからず、一方的に見られていたことの不快感よりも、不思議に思う気持ちのほうが勝った。

「親父さんに会わせてやりたくて、最初はそのための下見のつもりだった」

「子供じゃないんだから、会いたいなら会いに来られるだろ」

石堂の言い分に祐介は呆れかえる。石堂が見に来ていた一年前から今日まで、野間からは何のアクションもなかった。それなのに、他人の石堂が何をしようというのか。

「会いたくても会いに行けないってことがあることくらい、わからないのか？」

憮然としていた石堂だったが、やがてそれが祐介への怒りに変わっていく。声音だけでなく、祐介を見つめる視線も険しい。

「親父さん、言ってたよ。自分には会う資格がないってな」

「自分の子供じゃないと拒絶したからか？」

祐介が手紙を思い出しながら確認すると、石堂はそうだと頷いた。

「よくわからないな。拒絶したんだから、会いたいなんて思わないだろ。それがどうして資格云々《うんぬん》の話になるんだ？」

嫌みでも皮肉でもなく、本当に理解できなくて、祐介は首を傾げる。

「自分の息子じゃないと否定した後で、その可能性が高いことに気付いたんだよ。でも、現実に否定してしまった過去は消えないからな」

「だから、葛藤《かっとう》して苦しんだとでも言いたいのか？」

馬鹿馬鹿しいとばかりに祐介は鼻で笑う。

「お前、そんな言い方はないだろ」

「もう残ってないが、母親宛に届いた手紙を見せてやりたかったな。そうすれば、そんな青臭いことは言わないはずだ」

「なんて書いてあった？」

石堂は明らかに怯《ひる》んだ様子を見せた。信頼しきっていた野間の知らない一面を知ることに、躊躇いや戸惑いがあるのだろう。

「他の男の子供を押しつけられても困るとな。自分がまともに避妊しなかったことを棚に上げてだ」

今でもその文面は鮮明に思い出せる。野間は祐介を否定しただけでなく、母親まで複数の男と関係を持つようなふしだらな女だと言ったのだ。母親との仲が良好だったとは言わないが、仮にも体の関係まで持っていた女性に対して発する言葉ではない。それだけでも、野間の人間性が窺《うかが》えるというものだ。

「なんか、俺たちの知ってる野間さんとは違う人の話を聞いてるみたいだ」

マスターがぽつりと呟く。

「俺たちは野間さんに随分と世話になったんだよ」

祐介の父親に対する印象を良くしようとでもいうのか、マスターが複雑な表情で語り始める。

「この店が借金の形《かた》に取り上げられそうになったときも、野間さんが間に入ってくれて、どうにか返済を待ってもらえることになったんだ」

「そういや、そんなこともあったな」

ようやく石堂の表情が緩み、当時を懐かしむような素振りを見せる。

「そういうときでも、野間さんはさりげなくってさ。やってやったみたいな顔はしなくて、ついでだったみたいに言うんだよ」

「スマートな親父だったよな」

これは祐介に対するアピールなのか。そう疑わずにはいられないほど、よくできた人物像だった。二人が褒める野間は、祐介の知らない人間だ。もっとも、元からほぼ何も知らないのだから、何をどう言われても、悪い印象が覆るほどのことはない。

「探偵の仕事も採算度外視してたしね」

「富野さんがいなかったら、早々につぶれてただろうな」

二人は笑い合っているが、祐介だけは無表情だ。早くこの時間が過ぎないかと、そればかり考えていた。

「お前も野間さんに助けられた口だよな？」

「ああ。おかげで道を踏み外さずに済んだ」

その思い出は石堂にとって苦いものらしく、どこか気恥ずかしそうな笑みを浮かべている。

「俺が野間さんと初めて会ったのは高校生のときだ。粋がって、売られた喧嘩を買ってみたら、そいつがヤクザの息子だった。半殺しも覚悟してたんだけどな、たまたま通りかかった親父さんに助けられた」

聞いてもいない昔話を石堂は大事な思い出であるかのように語り出す。祐介は相槌も打たなかった。興味があると思われては話が長引くからだ。けれど、石堂は関係なく話を続けた。

「ヤクザの幹部にも知り合いがいるなんて、どれだけ顔が広いんだよって話だが、親父さんが丸く収めてくれたおかげで、とにかく、それで俺は経歴に傷も付かず、刑事にもなれたってわけだ」

「そういや、野間さんって、探偵の前は何してたんだっけ？」

話の流れからか、マスターがふと思いついたように疑問を口にする。

「サラリーマンだったとは聞いたことがあるけど、社名どころか、業種も教えてくれなかった」

「隠したかったたってこと？」

「どうだろう。前職だけじゃなくて、昔の話はほとんどしようとしなかったからな」

石堂は首を傾げつつ、記憶を頼りに答えている。

よほど嫌な思い出でもあるのか。探偵になったのも、前の仕事から逃げるためだったのか。誰も知らない野間の過去に、ほんの少しだけ興味が湧く。けれど、それを探ろうとまでは思わなかった。もう取り戻せない過去の人だからだ。もっとも石堂は違った。

「浅川《あさかわ》さんなら知ってるんじゃないか？」

マスターが祐介の知らない名前を口にする。石堂はすぐにそれに反応した。

「定食屋の？」

「そう。何十年の常連だって言ってたから」

「言われてみればそうだな。それじゃ、そっちに行ってみるか」

そう言うなり、石堂が腰を上げた。そして、祐介の腕を取って立ち上がらせようとする。

「ほら、次に行くぞ」

急き立てられ、仕方なく祐介はマスターに小さく頭を下げ、石堂とともにバーを出た。それからすぐ車に乗り込み、決めたばかりの次の目的地へと急ぐ。

「俺に父親のことを知ってもらいたいっていうより、自分が知りたいみたいだな」

走り出した車内で、祐介は呆れたように指摘する。

「どうして親父さんがお前のことを認めなかったのか。それが気になるんだよ。俺の知ってる親父さんなら、そんなことはありえない」

「若い頃の話だし、若気の至りだったのか、結婚したくないから逃げたのか、いろいろ理由は考えられるだろ」

だから知るだけ無駄だと言いたかったのだが、石堂には通じなかった。

「それを俺は知りたいし、お前にも教えたい」

「傲慢《ごうまん》だな」

「なんとでも言え」

開き直ったのか、石堂は自らの傲慢さを認めた上で、祐介の反論を遮った。


次の目的地はさっきのバーから、車で僅か五分のところにあった。

「ここだ」

先に車を降りた石堂が、目の前にある定食屋を顎《あご》で指し示す。午後三時近い時刻では、ちょうど昼と夜の営業時刻の狭間《はざま》になり、暖簾《のれん》もしまわれている。だが、石堂は慣れた様子で店のドアを開けた。

「浅川さん、いる？」

石堂は声を掛けながら店内に足を踏み入れた。

「こんな時間にどうした？」

カウンターで新聞を読んでいた年配の男が顔を向ける。どうやらこの男が浅川らしい。

「野間さんの息子を連れてきた」

「息子？」

浅川が訝しげな視線を石堂の同行者である祐介に向けてきた。長い付き合いだとか言っていたのにも拘《かか》わらず、息子がいるとは知らなかったという顔だ。

「少々ややこしい親子関係だから、親父さんのことをちゃんと教えておいてやりたいんだよ」

石堂が簡単に事情を説明する。祐介はその間、一言も口を挟まなかった。下手に何か言って話を長引かせるのが嫌だった。

「確かに付き合いは長かったが、俺はほとんど何も知らないぞ。あいつはここに来てメシを食ってただけだ」

「じゃ、前の仕事とかは？」

「知らないな」

浅川は悩む素振りも見せずに即答した。

「ここに通い始めた頃は？　もう探偵だったのか？」

「いや。その頃は無職だった。会社を辞めたばかりだとかで、暇そうにしてたぞ」

その頃を思い出すかのように遠い目をしながら、浅川は答えた。

「それ、何歳くらいのときの話だ？」

「三十前後だったかな」

「親父さんが亡くなったのが五十九だから、三十年前くらいか。お前が生まれる少し前頃ってところか……」

石堂がすっと祐介に視線を移す。

これまで一度も自分の年齢を教えたことはない。もっとも以前から祐介を見ていたくらいだ。歳くらいは知っていても不思議はないが、悩むことなく口にできるのが違和感さえ覚えさせる。

「俺の年まで知ってるなんて、まるで俺のストーカーだな」

「人聞きの悪い言い方するな。俺と同い年だから覚えてただけだ」

「同い年？」

予想外の反論を受けて、祐介はまじまじと石堂を見つめた。

初めて会ったときからずっと年上だと思い込んでいた。石堂の風貌《ふうぼう》がそう感じさせていたのだ。それに態度にも二十七歳らしさはなかった。

「まあ、信じられないのも無理はない。見た目もおっさんくさけりゃ、態度も偉そうだからなあ」

祐介に同感だと、浅川が笑って会話に入ってくる。

「若く見えると舐《な》められる。刑事がそれじゃ、やってられないからな」

「そんな言い訳せずに、自分が老けてることを素直に認めろよ」

反論する石堂を店主は笑い飛ばす。

富野にしてもさっきのマスターやこの浅川も、皆、石堂よりも一回りは年上なのに、こんな石堂の傍若無人《ぼうじゃくぶじん》な物言いを全く気にしていないように見える。おそらく、野間にもそうだったのだろう。慕っているからこそのこの態度なのかもしれないが、到底、祐介にはできない真似だ。

「そういや、丸の内《まるのうち》だったかな。元の勤務先は」

浅川はふと思い出したように、笑顔を引っ込めて唐突に地名を口にした。

「野間さんの？」

「ああ。いつだったかテレビのニュースで丸の内の風景が流れたときに、そんなことを言ってたよ。自分も同じようにスーツを着てここにいたんだなって」

おぼろげながら、少しずつ父親の過去に繋がっていく。それを祐介は不思議な気持ちで聞いていた。祐介の勤める銀行も本店は丸の内にある。そして、祐介がその銀行に就職が決まったときの母親の台詞を思い出した。

「俺の母親も短大を出てすぐ、丸の内で働いていたみたいですよ」

「本当か？　どこの会社だ？」

祐介は浅川に対して言ったのに、食いついてきたのは石堂だった。

「そこまでは聞いてない。それに働いたのは短い間らしいし」

「それでもだ、親父さんと同じ会社だった可能性は高いだろ」

石堂は大きな収穫を得たというかのように、満足げに頷いている。

「お袋さんの親戚に当たれば、その勤務先がわかるかもしれない。誰か親戚に聞いてみろよ」

「連絡先のわかる親戚はいない。そもそも付き合いもなかったしな」

「一人もか？」

祐介が頷くと、石堂は心底、呆れたというふうに溜息を吐いた。その態度が癇《かん》に障り、今度は祐介が問いかける。

「逆にお前は知らないのか？　俺のことを調べたんだろ？」

「親戚まで調べるかよ。俺が知りたいのは親父さんの息子だけだ」

当然だろうと自慢にならないことを石堂は胸を張って答える。

「そういえば、茨城《いばらき》に叔母が一人いるはずだ」

忘れていたわけではなく、本当に連絡先を知らないから、咄嗟《とっさ》に思い出せなかったが、その叔母だけが母親に教えられた、唯一の親戚だった。それでもほぼ没交渉で、祐介が実際に会ったのは、母親の葬儀のときだけだ。その叔母によると、祖父母は十年以上も前に亡くなっているらしい。

「叔母さんね。住所は？」

「そこまでは……」

「知らないのかよ。電話番号もか?」

「ああ。茨城にいることしか知らない」

祐介が正直に答えると、石堂が呆れたように溜息を吐く。

連絡先を何も知らないのは、必要ないと思い残さなかったからだ。母親の携帯電話には叔母の電話番号が残されていた。それを使って死亡を知らせ、葬儀にも来てもらったのだが、その携帯電話も今はもう解約している。

叔母とはたった一度、そのとき顔を合わせただけだ。そんな甥《おい》のことなど叔母も興味はないだろう。それでも妹として最後の義務を果たすと言って、祖父母が眠る墓へと母親の遺骨を引き取ってくれた。叔母の態度から、決して姉妹仲が良かったようには見えなかったが、その理由は聞かなかった。聞いても意味がないと思ったからだ。

「お前、免許証は持ってるのか?」

「持ってるが、それが?」

「本籍を知りたい。見せてみろ」

それが何の役に立つのかわからないが、石堂には住所も知られているから、今更、見られて困ることもない。祐介は素直に財布から免許証を取り出した。大学に入った年の夏休みに運転免許は取得した。将来、どんな職業に就いても困らないようにだ。

「港区《みなと》か、まだ間に合うな。今からお前のお袋さんの除籍謄本《とうほん》を取りに行くぞ」

石堂がまた強引に祐介の腕を取って外に連れ出そうとする。だが、今回は踏みとどまった。抵抗しさえすれば、そう簡単には石堂の思いどおりにはされない。

「除籍謄本なんか、何に使うんだ？」

「そこにはお袋さんの前の本籍地が載ってるだろ。茨城が本籍地なら叔母さんがそこに住んでる可能性が高いが、そうじゃなくても、その場所にはじいさんやばあさんを知ってる人間がいるはずだ」

つまりそこから叔母の現住所を探ろうというのだろう。正直、どうしてそこまで面倒なことをしなければならないのかが理解できない。

「ほら、行くぞ」

石堂は渋る祐介を引っ張り、浅川には礼を言って、店を後にした。

車に戻って、次は港区役所を目指して走り出す。仕事でもないのに、こんなにあちこち動き回るのは、祐介にしては珍しい。すっかり振り回されてしまったことで、祐介はかなりうんざりしていた。

「どうして、そこまでムキになるんだ？」

心底、理解できないと、つい祐介の口から愚痴めいた疑問が零れ出る。

「お前の誤解を解きたいと言わなかったか？」

「だったら、結果だけを教えてくれればいい。警察の力を使えば、こんな面倒な手順を踏まなくても、叔母の居場所くらい簡単に調べられるはずだ」

祐介はそもそもそこが不満だった。石堂が野間に思い入れを持つのは勝手だが、結局のところ、本人は亡くなっているのだし、人伝《ひとづて》に評判を聞くだけしかできないのだから、間に石堂を挟もうが同じことだ。今のこの行動が無駄にしか思えなかった。

「他人事みたいな言い方だな」

「知りたいと思ってるのはお前だしな。俺はどうでもいい」

祐介がにべもなく撥《は》ねつけると、石堂は嫌みったらしく舌打ちする。憤りを感じても、それをぶつける場所がないとでも言うかのようだ。おそらく石堂も自分が強引だと自覚しているに違いない。

祐介を説得したいが、そのための有効な切り札が今は何もない状態だ。石堂はそれがわかっているからだろう、それきり口を閉ざしてしまった。

どうにか、港区役所の業務時間内に到着し、目的のものを手にしたところで、午後五時を過ぎていた。

「さあ、次は叔母さんちだな」

「今から？」

まだ続けるのかと、祐介は顔を顰めて問いかける。

「今日一日しかないんだ。そりゃ、行くだろ」

石堂は遠慮もなく、当然のように答える。母親の除籍謄本にはかつての本籍地は記されているが、当然ながら叔母の現住所までは記されていない。だが、そこはさすが刑事だ。どこかに電話をかけたかと思うと、すぐに叔母の住所を調べ上げた。

茨城と一口に言っても広い。東京《とうきょう》寄りならいいが、福島《ふくしま》寄りなら、移動に時間がかかる。一体、いつ解放されるのか。祐介はうんざりして車に乗り込んだ。

急がなければ訪問するには遅い時刻になる。だからなのか、石堂は車を走らせ始めてすぐに高速に乗った。

「道さえ混んでなければ、茨城まで一時間半もかからない。もっとも茨城に土地勘がないから、この住所がどの辺りかはわからないがな」

「カーナビを使わないのか？」

祐介の視線の先には埋め込まれたモニターがあり、現在地の周辺地図を表示している。ここに目的地の住所を入力すれば、道案内をしてくれるのにと、祐介は疑問に思った。

「そうだったな。都内の道路は頭に入ってるから、カーナビを使う習慣がないんだよ」

警察官なら誰でもそうというわけではないはずだが、石堂に得意げな様子はない。祐介など仕事で使うルート以外知らないから、単純に感心した。

「茨城まではわかるから、とりあえず高速に乗る。後で住所を入れてくれ」

「わかった」

命令されるのは嫌なものだが、目的が祐介の叔母を訪ねるためなのだから、ここは素直に頷いた。

高速道路を走ること一時間弱、茨城方面を示す文字が見えてきた。石堂がインターチェンジを降りようとウィンカーを出したときだった。滅多に鳴らない祐介の携帯電話が、車内に着信音を響き渡らせる。

携帯電話はほぼ仕事のためにしか使っていない。だから、何か祐介の関わる業務でトラブルでもあったのかと、急いで上着の内ポケットから携帯電話を取りだした。予想どおり、着信表示は関東中央銀行だった。

「銀行からだ」

祐介は電話に出ることを石堂に告げてから、通話ボタンを押す。

「はい、二ノ宮です」

『君、どこにいるんだ?』

名乗りもせずに険しい声で問いかけてきたのは、祐介の直属の上司である、融資課長の芹沢だ。毎日、聞いているから確認せずともわかる。

「外に出てますが……」

　祐介は困惑しつつ答えをぼかした。体調不良で有休を取っているから、外出を知られるのはまずいのだが、芹沢の口ぶりから自宅にいないことはばれているようだ。だから、ぼやかして答えるしかなかった。

『外に出られるなら大丈夫だな。今すぐ、銀行に来なさい』

「今すぐですか？」

　祐介は咄嗟に腕時計に目を遣《や》った。午後六時半、閉所間際の区役所を出てから、既に一時間以上が経っていた。

『もちろん、今すぐだ』

「今いる場所からだと、一時間以上かかるんですが……」

　銀行と区役所は比較的近い場所にあった。つまり銀行までも同じくらいの時間がかかる計算になる。祐介が正直にそう告げると、電話の向こうで芹沢の息を呑む音が聞こえてきた。

『……それでもいいから、急いで来なさい』

「わかりました」

　有無を言わせぬ芹沢の口調に、祐介は頷くしかない。何しろ、体調不良という口実がばれてしまったのだ。

「何があった？」

自然と溜息を零しつつ電話を切った祐介に、待ちかねたように石堂が尋ねてくる。祐介の受け答えしか聞こえなくても、ただならぬ様子が伝わったのだろう。

「銀行で何かトラブルがあったらしい。すぐに戻るように言われた」

「仕事なら仕方がない。送っていく」

そう言うなり、石堂は車の進行方向を変えた。既に高速を降りたところだったから、ただドライブしただけになってしまう。

「せっかくここまで来たんだ。お前だけでも話を聞きに行ったらどうだ?」

「お前が話を聞くことに意味があるんだろ。それに駅を探してるより、このまま一気に戻ったほうが早い」

幸い、まだインターを遠く離れていなかった。石堂はすぐさま逆方向のインターの乗り口に向かった。

それからまた同じだけの距離を走り、一時間あまりで車は銀行前に到着した。その間、気遣われたのかどうかは知らないが、余計なことを尋ねられることもなく、車内は静けさを保ったままだった。

石堂が車を止めたのは、昨日と同じ場所、銀行の通用口近くだった。

「課長……?」

祐介は目に入った光景に思わず呟く。確か、まだ四十代半ばのはずなのに白髪が目立ち、腹

の出た小太りの体が、裏口の照明に照らし出されていた。

一時間はかかるとは言ったが、正確な到着予定時刻など教えていないのに、芹沢が通用口前に立っていたのだ。それほどまでして待ちわびられる理由がわからないものの、これ以上、待たせるわけにはいかない。

「途中で切り上げることになって悪かった」

嫌々ではあったが、約束を反故《ほご》にしたことを詫びると、石堂は意表を突かれたのか驚いた顔を見せる。祐介はその隙《すき》に急いで車を降りた。

早足で近づいていった祐介を、芹沢は電話での声の調子と同じ険しい顔で出迎える。祐介より十センチほど背は低いのだが、見上げてくる視線の厳しさは眼鏡をしていてもよく見て取れた。

「いったい、何があったんですか?」

「話は後だ。いいから黙ってついてきなさい」

外出していたとはいえ、体調不良で休んでいたところを呼び出されたというのに、労《ねぎら》いの言葉すらない。これは確実に祐介が何かしでかしたとしか思えない対応だ。

何も言わない芹沢の後ろを歩き、連れられた先は支店長室だった。芹沢がドアをノックすると、中から応じる声が聞こえた。

「二ノ宮を連れてきました」

ドアを開けて中に入った芹沢は、すぐさま祐介を支店長の前へと押し出した。

毎日、同じ建物内にいるはずなのだが、支店長の顔を見るのは久しぶりだった。だから、支店長がどんな男だったかという印象は薄いのだが、少なくともこんなに厳しい表情は見たことがない。

「二ノ宮くん、君はとんでもないことをしてくれたね」

支店長は嫌なものを見るような視線を祐介に投げかけながら、苦々しげに言った。

「私が何か？」

状況のわからない祐介が問い返すと、支店長と芹沢はまるで祐介がとぼけているのだとでも言いたげに、疑わしそうな視線を向けてくる。

「しらばっくれるのはやめたまえ」

「本当に何のことだか……」

「君がしでかした横領のことに決まっているだろう。素直に認めたらどうなんだ」

支店長の口から衝撃的な言葉が吐き出された。普段はあまり表情の変化を表に出さない祐介だが、さすがにこればかりは驚きを堪えきれない。

「君がしたという証拠もちゃんと揃ってるんだ」

「証拠？　それはなんですか？」

身に覚えがないのだから、その証拠が何かもわからない。祐介からすれば、そう問いかけるのは至極当然のことだったが、支店長たちはそうは思わなかった。

「盗人猛々《ぬすっとたけだけ》しいとはこのことだな」

「全くです。すぐに謝罪するならともかく……」

支店長と芹沢は顔を見合わせ、祐介を口々に批難《ひなん》する。

これが事実なら、どんな批難を受けようとも、祐介は受け入れるしかないが、身に覚えがない以上、素直に認めるわけにはいかない。いくら事なかれ主義で揉め事が嫌いでも、犯罪者にされようとしているのだ。反論するのは当然だった。

「私は何もしていません。私がしたという証拠を見せてください」

祐介は職場で初めて声を荒らげた。喜怒哀楽に乏しいのは自覚しているが、無実の罪を着せられてまで冷静ではいられない。自然と憤りが態度に出てしまう。

「それはできない。証拠隠滅をされかねないからね」

「支店長たちが立ち会う中で、どうやったら証拠隠滅ができるんですか?」

不快そうに見つめる支店長の視線を、祐介はまっすぐに見つめ返した。視線を逸らせば後ろめたいからだと思われるだろう。だから、絶対に目を逸らしたくなかった。

祐介が横領したというのだから、何か振込先を偽造したとか、架空の融資先に振り込んだとか、そういう書類に祐介のサインがあったりするのだろう。だが、この状況でその証拠をどうやって祐介が消したり隠したりできるのか。既にそれらは支店長たちの目に触れているというのにだ。怒りで沸騰しそうになっていても、そこは冷静だった。

祐介の正論に対して、それでも支店長と芹沢は顔を見合わせ、難色を示す。

「君は要求を出せる立場にないことをわかっていないようだね」

「わかりました」

祐介は神妙な顔で頷いてみせると、

「それなら、警察を呼んでください」

これまでに見せたことのない厳しい表情で、代わりの要求を伝えた。

「な、何を言い出すんだ、君は」

「私には証拠を見せられなくても、警察になら見せられるはずです。このままだと、私は何もしていないのに犯人にされた挙げ句、辞職に追い込まれるでしょう。それなら、警察にはっきり調べてもらいたいと思うのは当然ですよ」

おそらく、二人は祐介がこんな強気な態度に出るとは想像もしていなかったはずだ。普段の祐介はむしろおとなしい印象しかなかったかもしれない。だが、それは人付き合いを避けるための手段でしかなかった。

支店長と芹沢が、祐介に背中を向け、聞こえないような小声で相談を始める。祐介の要求を完全に拒むのはまずいと判断したのだろう。

こんなふうに祐介をこっそりと呼び出したことから、銀行側が横領を公にしたくないのは容易に想像できる。祐介は対抗する手段として、それを逆手に取った。祐介の要求を受け入れなければ、警察に届け出られるかもしれないという不安を支店長たちに抱かせたのだ。

「いいだろう。君がそこまで言うなら、もう一度、調べ直してみよう」

「支店長」

芹沢が慌てたように、支店長を遮ろうとしたが、

「確かに、今日の発覚ですぐに処分では、調査期間が少なすぎる。彼が納得できないのも無理はないだろう」

「支店長がそう仰るなら……」

支店長の言葉には逆らえないのか、渋々ながら、芹沢が引き下がる。

「ただし、結果が出るまで君は自宅待機だ」

「謹慎ということですか？」

祐介は態度を和《やわ》らげず、揚げ足を取るかのように確認を求める。聞こえのいい言葉で言われたところで、要は出社するなと言われているだけのことだ。

「行内では既に噂になっている。君がいると、みんな落ち着いて業務ができないだろう」

「つまり、そちらの都合での自宅待機ということですね？」

祐介が念を押したのは、今後のためにだ。会社都合なら給与も引かれないし、査定でマイナス評価を受けることもない。銀行員を天職と思っているわけではないが、苦労して見つけた就

職口だし、五年間勤めてきたことも簡単に無にはしたくなかった。

「それじゃ、君はもう帰りなさい。まだ残っている者もいるから、顔を合わせると気まずいだろう」

いかにも祐介のためを思ったような口調で、芹沢が帰宅を促す。本心は騒ぎにならないうちに早く帰してしまいたいだけだろう。

本当に再調査してもらえるのか。この芹沢の態度を見ていると怪しく感じる。自宅待機も再調査のためではなく、銀行側が対策を練る時間がほしいからだけのような気もする。どうにかして、自分の無実を証明したいが、どうすればできるのか。そのことばかりが頭を巡り、芹沢に肩を押されて支店長室を出るときにも、頭一つ下げることすらしなかった。

「君がこんなにふてぶてしい男とは知らなかったな」

祐介の態度を反感の表れだと感じたのか、芹沢の口調は半ば呆れ気味だった。

「無実の罪を着せられたら、誰でもこんな態度になりますよ」

通用口に向けて並んで歩きながら、祐介はふてぶてしいと言われた態度のままで答える。何しろ、今もこうして芹沢が隣を歩いているのは、残業している同僚たちに接触させないために違いないのだ。

「まだシラを切り通すつもりか?」

「やってないことをやったとは言えません」

祐介がきっぱりと言い切ったところで、通用口へと到着した。

「最後まで見送らなくても、誰とも話したりしませんよ。そんな相手がいないことくらい、課長もよくご存じでしょう」

祐介は捨て台詞のように言って、通用口のドアを開け一人で外に出た。責めるばかりで有意義な解決策を提示してくれない芹沢とは話すだけ無駄だ。

芹沢に出迎えられてから、再びここに戻ってくるまで、時間にして僅か二十分足らずの出来事だった。そのせいもあるのだろうか、どういうわけだか、石堂の車がまだ同じ場所に停まっている。

「よお。早かったな」

運転席の窓を開けて、石堂が声を掛けてくる。ここまで送ってもらった手前、無視もできず、祐介はまっすぐ車に近づいていった。

「待ってたのか?」

「さっきの態度がおかしかったからな」

石堂は隠しもせずに認めた。刑事の勘というのだろうか。電話の声は祐介の側しか聞こえなかったはずだが、普通でないものを感じとったようだ。

「何があった?」

「まあ、いろいろだ」

昨日、会ったばかりの男に話す義理はないのだが、石堂は刑事だ。全てを話せば、もしかしたら、無実を証明するための何かいい方法を見つけ出してくれるかもしれない。そんな思いがよぎったせいで、つい答え方が曖昧になってしまった。

「とりあえず、乗れよ。送りがてら、話を聞いてやる」

相変わらず偉そうな態度で、石堂が助手席のドアを内側から開けた。

断ることはできた。だが、自分の置かれた状況を考えると、石堂の『刑事』という肩書きは魅力的で振り切れなかった。祐介は無言で車に乗り込む。

「まさか、刑事の俺じゃなくて、銀行員のお前が休暇中に仕事で呼び出しを受けるなんてな」

車を走らせながら、石堂が笑みを浮かべて口を開く。

「呼び出しはそんなに頻繁にあるのか？」

「ああ。電話が鳴らないほうが少ないくらいだ」

そうは言いながらも、石堂はそのことを嫌だと感じているふうはなかった。きっと刑事という仕事に誇りを持っていて、生き甲斐《がい》も感じているに違いない。

「突然、横領犯にされたら、お前ならどうする？」

いつもなら他人との接触を極力減らすため、自分から話題を振ることなどないのに、非現実的な事件に巻き込まれたせいか、つい口が滑った。

「横領犯？」

あまりにも唐突な質問に、石堂は問い返した後、何かを考えるように言葉を閉ざした。だが、それはほんの一瞬だった。

「俺なら自分の無実を証明する。やってないなら、当然だろ」

石堂はまずそう答えてから、

「それ、お前の話だな?」

質問の意図を読み取り、逆に問い返してくる。

「ああ。さっき、そう言われた」

「随分と他人事みたいな言い方じゃないか」

「他人事にもなるだろ。全く身に覚えがないのに横領したと決めつけられた挙げ句、自宅待機という名目の謹慎処分だからな」

記憶に新しい事実を、祐介は淡々と答えた。腹立たしい気持ちはあるのだが、感情を表に出さない生活を続けてきたせいで、今もどんな表情をすればいいのかわからなかった。

「そもそも、横領は本当にあったのか?」

さすが刑事というのか、石堂は祐介が疑問にも思っていなかった、根本の部分に疑いを抱いている。

「それはあっただろ。俺にそんな嘘を吐く必要があるか?」

「わからないぞ。案外、本人の知らないところで恨みを買ってたりするもんだ」

「それで、俺に罪を被せたと?」

祐介は納得できないと問い返す。

「お前を辞めさせたかったのかもしれないだろ」

「それなら他にもっといい方法がありそうだけどな。失敗すれば、自分が犯罪者になるんだぞ」

「まあ、普通はしないわな」

自分で言い出しておきながら、石堂は簡単に引き下がった。あくまで可能性の一つとして口にしただけだったらしい。

「昨日まで横領の気配はなかったのか? もしくは自分が疑われてるような雰囲気とか」

「全く……。俺は自分の仕事をするだけで、周りを見てないからな」

そう即答できたのは、石堂に尋ねられるまでもなく、既に祐介も考えていたからだった。あまりにも話が唐突すぎたから、その前兆を祐介が見逃していたのかと思ったのだ。けれど、何一つ、横領に繋がりそうなものは思い出せなかった。

もし、周囲ともっとコミュニケーションを取っていたなら、同僚が不審な態度を見せていれば気付けたかもしれない。だが、もともと見ていないから、違いに気付きようがなかった。

「二週間の出張の間に下準備をしてたのか……?」

「多分、そうなんだろう」

石堂の呟きに祐介も同意する。真犯人は同僚の中にいるのだから、通常の業務をこなしながら、たった一日で祐介を横領犯に仕立て上げる証拠を作るには、時間が足りないはずだ。

「それなら、どうして、犯人はお前が出張でいない間に露見させなかったんだ？　お前が次にいつ休むかなんて、わからないだろ？」

自分の考えを整理するためにか、石堂が納得できないところを挙げていく。おかげで祐介も冷静に状況を把握することができてきた。

「大ごとにしたくないから、出張中は避けたのかもしれない。あの出張は本店から行かされたんだ。だから、その間に発覚したとなると、不祥事を本店に報告しないわけにはいかなくなる」

「なるほどね。だから、いつかお前に罪を着せる準備だけに留めておいたってわけだ。そこで都合良くお前が休んでくれて、これ幸いと事件を発覚させたんだな」

自分の立てた筋道に理屈が通ったと、石堂が満足げに頷いている。

「そういえば、来月、本店からの視察が入ることになってる。その前に横領を発覚させれば、慌てた支店長たちがまともに証拠を調べもせずに、俺を処分することを犯人は狙ったのかもしれない」

「かもじゃない。それはもう確実にそうだろ」

石堂は力強く、祐介の仮定を肯定した。

「結局、俺は今日休まなくても、近いうちに犯人にされてたんだな」

何も気付けなかった祐介は、犯人の思惑どおりに嵌《は》められたというわけだ。さすがに祐介も自分の迂闊《うかつ》さに失笑してしまう。

「犯人に心当たりはないのか？」

そう問われて、祐介はこれまでの銀行生活を思い返す。祐介が他人に特別な感情を抱かないせいか、どういう状況で恨みを買うのかが今ひとつピンと来なかった。普通ならエリートコースと呼ばれる海外出張組に選ばれたことは妬《ねた》みの原因になるのかもしれないが、同じ支店の人間なら、祐介が出世に興味のないことは知っているし、出世に必要な世渡りや人付き合いをしないこともわかっているはずだ。だから、上を目指す同僚たちからは、ライバル視されていなかった。

「恨まれるほどの付き合いは誰ともしてない」

結局、祐介はそう短く答えるだけに留めた。祐介の仕事に対する取り組み方まで、石堂に話す必要は感じなかった。

「仕事場だけの付き合いってわけだ」

石堂に呆れたように言われても、祐介は小さく肩を竦めて見せるだけで否定しない。

知り合ってまだ一日しか経っていないから、石堂についてはほとんど知らないが、おそらく交友関係は広いのだろう。そう感じるくらい、祐介とは正反対の生き方をしているように見えた。そんな石堂からすれば、毎日顔を合わせている職場の人間と、ほとんど付き合いがないというのが信じられないに違いない。

「個人的に飲みに行ったりとかもナシか？」

「ないな。そもそも外で酒を飲むことの意味がわからない」

祐介は至って真面目に答えた。酒は人並み程度には飲めるが、他人がいるところでは落ち着かないし、酔ったところを人に見せるのも嫌で、自宅でしか飲まないようにしていた。

「そんなんじゃ、宴会のときはどうしてたんだよ」

「宴会は仕事じゃない。参加義務はないだろ」

「だから、出たことないって？　一度も？」

驚きながら問いかけられることに逆に驚きつつも、祐介はそうだと頷く。

「お前、普段、どんな生活を送ってんだ」

石堂の声に溜息が混じる。どうやら、完全に呆れかえっているようだ。

「同僚と飲みに行かないだけで、そこまで言われる覚えはない。日常生活に支障を来《きた》さなければ問題ないだろ」

「支障を来したから、こんな羽目に陥ってるんじゃないのか？」

石堂の鋭い指摘に、祐介は言葉に詰まる。言われてみればそのとおりだ。もし、職場に一人でも親しい人間がいれば、祐介に横領の疑いがかかったときに、すぐその場にいない祐介に電話をして知らせてくれていただろう。それどころか、祐介が犯人ではないと証言をしてくれたかもしれない。だが、今となっては後の祭りだ。

「だから、犯人役はお前だったのか……」

突然、石堂が聞き捨てならないことを独り言のように呟いた。

「どういう意味だ？」

「お前は誰とも親しくしてない。つまり真犯人にとっちゃ、全く何の感情もないってことだ。世間話程度でも会話をかわしてる人間を犯人にするより、後ろめたさが格段に少なくなるだろ」

「そんな理由で？」

「自分が罪から逃れるためなら、そんな理由でもあるだけマシってとこだろうよ」

刑事としてそういう犯罪者と向き合ってきたからだろうか。石堂の台詞には妙に重みがあった。

「で、どこに向かってるんだ？」

祐介は車が自宅に向かっていないことに、さっき気付いたのだが、なかなかそれを切り出すきっかけがなかった。ようやく話の一区切りがついたことで問いかけたのだが、石堂は車を止めようとはしない。

「野間探偵事務所だ。これからの相談をするためにな」

「相談?」

「お前の無実を証明するためにどうすればいいのか、刑事と探偵が揃ってるんだ。いい案が出せると思わないか?」

　野間がいなくても、まだ富野がいる。探偵としての腕は知らないが、刑事の石堂が信頼できるほどの力はあるらしい。

　確かに祐介だけでは無実を証明したくても、その方法がない。銀行には立ち入ることすら許されていないし、内部から情報をもらうこともできないのだ。

　だが、祐介は探偵に頼りたくなかった。やはり父親であることを拒絶した野間の職業だからというのが大きな理由だ。

「警察の力を使えば、内部情報を知ることくらい簡単なんじゃないのか?」

「お前、警察をなんだと思ってるんだ。令状もなしに、そんな真似ができるか」

　石堂が憮然として答える。

「なんだ、そんなこともできないのか」

「事件化していなければ、警察の出番はない」

「頻繁に探偵を使ってたのは、こういう場合にってことか」

「それだけじゃないが……」

　反論しかけた石堂が、何かに気付いたように言葉を詰まらせる。

「探偵を使うのが嫌なのか？」

さっきからの祐介の態度が乗り気ではない理由を、石堂はそう判断したようだ。あながち間違ってはいないから、祐介は頷いて認めた。

「それぐらいなら自分でする。探偵といえど、民間人だ。俺と立場は同じだろ」

依頼料が惜しいわけはない。自分にもできることなら、他人に頼みたくないだけだった。

「随分と探偵も甘く見られたもんだ」

何故か、石堂は自分のことのように、不快そうに呟く。そして、それきり口を閉ざし、行き先を変えないまま、車を走らせ続けた。


「あれ？　まだ一緒だったの？」

野間《のま》探偵事務所に揃って現れた祐介《ゆうすけ》と石堂《いしどう》を見て、富野《とみの》が驚いた顔を見せる。

「もう九時過ぎてるじゃない。いくらなんでも遅くまで付き合わせすぎ」

富野は険しい顔で石堂を窘《たしな》めた。一日付き合ってやれと祐介を説得したのが富野のようなものだから、気にしてくれているのだろう。

「そんなことを言ってる場合じゃない。大問題発生だ」

「大問題？」

どういう意味だと、富野が石堂から祐介へと視線を移す。一緒にやってきたのだから、その大問題に祐介が絡んでいると考えるのは当然だろう。

「話が長くなるから、とりあえず座ろう」

石堂は祐介の肩を摑《つか》んでソファに座らせると、富野にも向かいに座るよう促した。それから、改めて約一時間前に祐介が話したことを石堂が富野に説明する。

「横領の罪を……、それは大変でしたね」

富野は、心底、同情したように慰めの言葉を口にする。

「それで、これからどうされるんですか？」

「それを相談しに来たんだよ」

富野が問いかけたのは祐介なのに、石堂が勢い込んで先に答える。

「どうやったら、こいつの無実を証明できるか。その方法を富野さんにも一緒に考えてほしい」

「君には関係ないよね？」

もっともなことを問いかけながら、富野がすっと祐介に視線を移す。

「俺はこいつの無実を証明したいんだよ。そうすれば、親父さんに返せなかった恩を少しでも返すことができる」

石堂が『親父さん』と口にするとき、毎回、ほんの僅《わず》かだが寂しそうな響きが含まれているような気がする。父親だという実感がないせいで、野間を亡くしたことで、祐介が一切抱かなかった喪失感を、他人の石堂が感じているというのだろうか。とてもただの探偵と客の関係には思えなかった。

どうしてそこまで他人と関われるのか。そして、拘《こだわ》り続けるのか。まるで理解できない感情を持つ石堂を、祐介は横目で盗み見た。富野と会話を続ける石堂は、話に夢中になっていて、見られていることになどまるで気付いた様子はない。

「お前、また他人事《ひとごと》みたいな顔してないか？」

祐介が黙ったままなことに気付いた石堂が、不満げな顔で指摘する。

「俺は探偵に依頼してまで調査しようなんて思ってないと、さっき言ったはずだ」

無理矢理ここに連れてこられたようなものだと、祐介も負けずに不快さを顔に出す。

「なんだ、断られてるんじゃない」

そう言って、富野がおかしそうに吹き出した。

「富野さんも笑ってられないけどな。こいつは探偵にできることなら、自分にもできると言ってたんだ」

石堂は富野を味方に引き入れたいのか、祐介の言動を告げ口する。言ったのは事実だし、その気持ちに嘘はない。だが、さすがに本人に知られるのは気が引ける。誰でも自分の職業を低く見られるのはいい気持ちはしないはずだ。

「まあ、探偵には権力がないから、そう思うのも無理はないかな」

あくまで穏やかな態度を崩さず、富野はまず石堂に答えてから、ゆっくりと祐介に顔を向けた。

「でも、警察にはできなくても、探偵にしかできないこともあるんですよ。それと、普通の人にはできないことも、探偵ならできたりもするんです」

「たとえば、どういうことですか？」

できるはずがないと決めつけているわけではなく、単純に思いつかないから祐介は尋ねただけだった。

「二ノ宮《にのみや》さんは初対面の人から、どれだけその人個人の情報を聞き出せますか？」

「初対面の相手から、ですか？」

確認すると、富野はそうだと頷《うなず》く。祐介には考えるまでもない質問だった。

「何も聞き出せないですね」

「そもそも会話自体が成り立たないんじゃないのか」

横から石堂が揶揄《やゆ》するように口を挟んでくる。

「富野さんなら出身地どころか、祖父母の名前も楽勝だろうな」

石堂の言葉が嘘でないことは、富野が笑みを浮かべるだけで否定しないことでわかった。

「それが探偵の仕事だとは言いませんが、少なくとも一般人にはできないことができたりするんです。尾行一つとっても、簡単じゃないんですよ」

　富野は決して気を悪くしたような雰囲気は出さず、ものを知らない子供を諭すかのような口調で語りかけてくる。ごく普通の日常を過ごしている限り、探偵とは出会う機会がなく、具体的なその職務内容を認識されていないことは、富野もよくわかっているのだろう。おそらくこんな体験を過去にもしてきたに違いない。

「つまり、富野さんなら、警察手帳をかざさなくても、お前の同僚たちから情報を聞き出すことができるってわけだ」

　さあどうすると言わんばかりの態度で、石堂が祐介に詰め寄ってきた。

　無実は証明したい。だが、そのために人の力を借りるのは嫌だ。祐介の中でその二つの思いが交差する。

　迷ったのは一瞬だ。祐介にはあまり時間がない。銀行が処分を決める前に、自らの潔白を証明する必要がある。

「わかった。それじゃ、交換条件だ」

　祐介はまっすぐに石堂を見つめ、思いついた案を口にした。

「交換条件？」

「お前が知りたがってた俺の両親の過去、それを俺が調べてくる。叔母に会うなら、俺のほうが適任だろう」

他人とのコミュニケーションが満足に取れなくても、母親の勤め先を叔母から聞くことくらいなら、祐介にもできるはずだ。

「なるほどね。適材適所ってことか」

石堂が納得したふうに言って、また祐介から富野に視線を移す。

「それじゃ、富野さんへの依頼人は俺ってことで、いつもどおりに頼むよ」

「それって、調査費用をお前が持つってことか？」

さすがにそこまでしてもらう謂《いわ》れはない。いくら父親に世話になったからと言われても、祐介からすれば他人にしか思えない男の恩恵は受けたくなかった。祐介は表情を険しくするが、それを宥《なだ》めるように富野が笑顔を向ける。

「気にする必要ありませんよ。彼、お金持ちですから」

「金持ち？　刑事なのに？」

刑事は公務員でしかない。安定はしていても、高給取りではないはずだ。違和感で首を傾げる祐介に、石堂ではなく、富野が事情を説明した。

「親の遺産があって働かなくても食っていけるんだよね？　刑事は道楽でやってるだけだから」

「道楽だけってな」

石堂は苦笑いしつつも、金銭的に豊かであることは否定しなかった。

確かに言われてよく見れば、石堂が着ているスーツの生地が高級そうに見える。祐介はブランドに興味がないからよくわからないのだが、身近なところでいえば、松前《まつまえ》が身に着けているものと同じようなテイストを感じた。

「有意義に使われて、親もあの世で喜んでるんじゃないか」

石堂に悪びれた様子はない。初めて聞いたときから、刑事の給料で探偵を頻繁に雇うことなどできるのかと疑問だったのだが、その謎は自分から尋ねる前に解明された。そして、それと同時に石堂にも親がいないことがわかった。仮にどちらか片方でも生きていれば、今の石堂の台詞《せりふ》は出ないはずだ。

ともに両親がいない者同士。祐介の父親が誰であろうと石堂には関係ないはずなのに、やたらと関わってくるのは、そんな石堂の境遇も関係しているのかもしれないと思った。

「これでもう問題はありませんね？」

「え、ええ」

富野に確認を求められ、祐介も頷くしかない。石堂本人が金を使うことに頓着していないのに、祐介が断る理由がないのだ。

「それじゃ、明日から早速、聞き込みに行ってくるよ」

富野は依頼人である石堂に、調査予定を報告する。

「で、お前は明日、叔母さんのところに行って……」

そこまで言ってから、石堂は急に名案を思いついたかのように顔を輝かせた。

「そうだ。調査が終わるまで、お前はここに泊まれ」

「は?」

あまりにも唐突で、予想だにしなかった石堂の提案に、祐介は間の抜けた顔で問い返すしかできなかった。そうすることの意味が全く理解できなかったのだ。

「謹慎してるはずのお前が自宅にいないのがわかれば、どうなると思う?」

「そりゃ、怒るだろ」

「いや、焦るんだよ。自分たちの思いどおりに進まないんだからな。お前が何かしてるんじゃないのかと疑心暗鬼になる」

「犯人が?」

「犯人もだ」

石堂は『も』にアクセントを置いて答えた。

「犯人が焦ってボロを出してくれれば儲《もう》けものだが、銀行側が何かおかしいと気付いて、再度、調査を始めるかもしれない」

「逃げたと思われるだけじゃないのか?」

「それ、お前にメリットがあるか?」

仮に祐介が犯人だったとして、銀行内部だけで済ませようとしているのに、逃げ出すことで警察沙汰《ざた》にしてしまうのかと、石堂は言いたいのだろう。

「ってことで、決まりだな。必要なものはその辺で揃えればいいから、帰らなくても問題ないだろ」

「このまま泊まれって？」

いくらなんでも無茶すぎると、祐介の声にも批難《ひなん》が籠《こ》もる。

「一度も寄りついていないと思わせるほうが、より効果的なんだよ。ちょうどいいことに、銭湯まで歩いて五分だ」

全く納得できない説明に、祐介は疑惑の目を向ける。従わなければならない理由はどこにもないし、ただの事務所のどこで寝泊まりしろというのか。トイレすら廊下にある共同のものしかないのにだ。

「まあ、でも、そうしてもらえると助かりますけど」

それまで黙っていた富野が、控えめながら石堂を後押しするかのように言った。

「今、ここは私一人しかいないので、私が調査で出かけると、事務所が留守になるんですよ。今月いっぱいはまだこの部屋も契約が残ってますし、支払いや何やで来客もありますから」

「今月いっぱいってことは、やっぱり辞めるのか？」

祐介との会話だったのに、石堂が険しい顔で口を挟んでくる。それに対して、富野は軽く肩を竦《すく》めてみせた。

「所長がいないんじゃね。俺は所長って柄じゃないし」

「そうだな」

石堂は納得しているようではあるが、どこか寂しそうにも見えた。入り浸っていたというから、愛着があるのだろう。

「なんなら、君が刑事を辞めて探偵になる?」

「冗談だろ」

明らかにからかうような響きを持った富野の台詞に、石堂が大仰《おおぎょう》な仕草で首を横に振った。個人で探偵を使ってまで犯人を逮捕しようとしているくらいだ。刑事への思い入れは相当なものに違いない。冗談にでも即座に否定するのもわかる気がした。

「ホント、冗談だね。君に使われるなんてまっぴらご免って感じ?」

「ひどい言われようだな」

富野の石堂に対する態度は、冷たく辛辣《しんらつ》なものになりがちなのだが、石堂は慣れっこなのか、あまり気にした様子は見られない。かといって、富野が石堂を嫌っているようにも見えなかった。

「それで、留守番は頼めますか?　ついでと言ってはなんですけど」

富野は改めて祐介に向き直り、途絶えていた話を再開させた。

石堂と違い、温和な雰囲気を醸し出す富野には、祐介も妙に反論しづらくなる。それに、自宅でじっとしていてもすることはないし、調査結果を聞くためにも、ここにいるほうが便利なのは確かだ。

「留守番だけをしてればいいですか？」

「ありがとうございます。用があるときは出かけてもらってもかまいませんから、よろしくお願いします」

富野が小さく頭を下げ、石堂からはしっかりやれと励まされる。

なんだか、上手く丸め込まれた気がしないでもないが、二人のペースに乗せられ、明日からの祐介の予定が決まってしまった。

3

泊まれと言われた野間探偵事務所には、ちゃんとした仮眠場所がなかった。横になれるのは固い応接ソファだけだ。頭と足をソファからはみ出させた状態で、祐介は夜を明かした。

とはいえ、予想外に熟睡できた。むしろ昨日に限っては自宅ではないことがよかったようだ。もし、自宅にいれば、横領犯にされたことを思い出し、到底、心穏やかではいられなかっただろうし、まともに眠れたかわからない。だが、石堂や富野たちにより、考えることが増えたせいで、一つのことだけに思い悩まなくなったのがよかったのかもしれない。

「おっはようございまーす」

聞き覚えのない声とともに、全く見覚えのない若い男が、陽気な挨拶《あいさつ》をしながら事務所のドアを開けた。

三十分前に起きていたし、身支度も整えていた。だが、不意を突かれたせいで、祐介はまじまじと見つめるだけしかできないでいた。

「あれ？　聞いてません？」

祐介の態度に、今度は男が首を傾げる。

「……何を？」

「朝ご飯を届けるように頼まれたんですけど」

その言葉のとおり、男の手にはトレイがあった。そこにはトーストに目玉焼き、それに少しのサラダが添えられたプレートとコーヒーの入ったカップが載せられている。

「誰に？」

「石堂さんです。もう代金はもらってるんで、どうぞ」

トレイを突き出され、祐介はつい反射的に受け取ってしまった。石堂に奢《おご》られる謂れはないのだが、用意されたものを無駄にするのはもったいない。

「ありがとう」

「いえ、俺は仕事なんで」

「仕事？」

「隣の喫茶店でバイトしてる新家《あらや》です」

言われてみれば、このビルの隣に昔ながらといった風情の喫茶店があった。昨夜、コンビニに着替えや洗面道具を買いに行ったときに前を通り過ぎたから覚えている。

「ここの事務所の人たちは、うちのお得意さんなんですよ」

新家は全く人見知りなどしないらしく、初対面の祐介にも気軽に話しかけてくる。

「石堂さんはここの人じゃないだろ」

新家が明らかに年下だから、祐介の口調も自然とくだけてくる。

「ほとんどここの人みたいなもんですって。仕事中でも息抜きにとか言って、しょっちゅう顔を出してるんですから」

「そんなに？」

「一週間続けて、うちで昼ご飯を食べていったこともありますよ」

新家は笑っているが、祐介は驚きを隠せない。探偵事務所の常連客だとは聞いていたが、これでは客というより、まるで事務所の一員だ。刑事というのは、そんなに自由に振る舞えるものなのだろうか。

「所長の息子さんって聞きましたけど、あんまり似てませんね」

悪びれずに指摘され、祐介は苦笑いを浮かべたものの、だが、その言葉で、まだ野間の顔すら知らないことに、ようやく気付かされた。

「どんな顔だった？」

新家の明るく自然な振る舞いが、祐介の口を軽くする。いつもなら初対面の人間と、仕事でもないのにこんなに話を広げさせることはなかった。

「あっと、もしかして、顔も知らないんですか？」

「会ったことがないからな」

隠すことでもないし、石堂にでも聞かれればわかってしまうことだと、祐介は正直に事実を話した。

「なんか、すみません」

新家が申し訳なさそうに頭を下げる。

「気にしてないから謝る必要はない。ただ、ちょっと顔を見てみたくなっただけだ」

「それなら、写真がありますよ」

祐介を気遣ってくれたのか、新家が慌てた様子で周囲を見回すと、

「えっと、確かこの辺りに……」

壁に備え付けられたチェストに近づき、何かを探し始めた。

「あった。これです」

笑顔で振り返った新家の手には、木枠の写真立てがあった。

「場所はうちの喫茶店なんですけど、オーナーが一時期、写真に嵌《は》まってて、そのときに撮ったんです。せっかくだから、プリントして写真立てに入れてプレゼントしたんですよ」

差し出された写真を受け取り、祐介は視線を落とす。そこには三人の男が写っていた。富野と石堂に挟まれた笑顔の男が、野間なのだろう。顎《あご》に髭《ひげ》を生やしていて、一昔前に流行ったちょい悪オヤジといった風貌《ふうぼう》だ。確かに、祐介とは全く似ていない。これならまだ石堂のほうが似ているくらいだ。

「こうしてみると、かなり仲がよかったみたいだな」

「ですね。っていうか、野間さんのことはみんな、慕ってたから。この辺で野間さんを嫌いな人なんていないんじゃないかな」

新家に嘘を吐く理由はない。おそらく事実なのだろう。だが、昨日から野間について話を聞くたび、そのギャップに戸惑わされた。祐介が唯一、知っている手紙の中での野間とは、あまりにも印象が違いすぎるのだ。子供の存在を冷たく否定した野間は、今の話の中のどこにも感じられない。石堂が違和感を覚えるのも無理はないと思った。

「あっと、長話してる場合じゃなかった」

壁の時計が目に入ったのか、新家が焦ったように言った。バイトとして、出前を届けに来たのだから、当然、店は営業中ということになる。朝からバイトを雇うほど忙しい店なら、こうして抜けられると困るのは、飲食店でのバイト経験のない祐介でも簡単に想像できる。

「これにうちの店の電話番号が載ってるんで、出前が必要なときはいつでも電話してきてください」

新家は出前用のお品書きを祐介に押しつけ、しっかりと店の宣伝をしてから帰っていった。食器は外に出しておけばいいと付け加えるのも忘れなかった。

祐介もいい大人だ。いくら人付き合いができなくても、社会生活を送るのに問題があったほどではない。朝食くらい、一人でなんとでも用意できる。にも拘《かか》わらず、石堂がわざわざ出前を手配したのは、新家から父親についての話を聞かせるためだったのかもしれない。新家が帰って一人になったとき、ふとそう思った。

野間のことを知ってもらいたい。石堂はそんなふうに言っていた。この事務所にいるように言ったのも、そのためだったのだと、新家の登場で気付かされた。

横領の一件がなければ、こんな事態にはならなかった。野間のことも、本当に父親かどうかわからないというスタンスのままで貫き通しただろう。祐介はそれでよかったのだ。父親が誰だかわかったところで、これまでの人生が変わるわけではない。

こうなった今でもその思いは変わっていないが、横領については石堂たちの手を借りるしかないのだから、祐介も自分にできることをするしかない。

祐介は朝食を手早く済ませると、叔母のいる茨城《いばらき》に向かった。

茨城に着いたのは、午前十時を少し過ぎた頃だった。何しろ、わかっているのは母親の以前の本籍地だけという状況だ。だが、実はもう一つ情報があった。昨晩の時点では忘れていたのだが、祖父母の墓は茨城にあると葬儀のとき叔母が言っていたのを思い出したのだ。その墓は本籍地に近い場所にあるに違いない。仮に本籍地に叔母が住んでいなくても、菩提寺《ぼだいじ》がわかれば、そこから叔母の元に辿《たど》り着けるかもしれないと、祐介は昨日よりも期待を持っていた。

初めて訪れた茨城の地で、祐介は住所を頼りに本籍地の場所を探す。近くまでは電車を使い、そこからは時間短縮のため、タクシーを使った。

「この辺りになりますね」

運転手が車を停めたのは、住宅地の中だった。東京《とうきょう》で生まれ育った祐介からすると、茨城はすごい田舎のように思っていたから、この光景は意外だった。

「どの家かまではわからないので、後は誰かに聞いてください」

「すみません。ありがとうございました」

祐介は礼を言ってタクシーを降りた。何しろ、住所しか知らないから、一切の指示を出せず、結局、運転手がカーナビで案内してくれたのだ。

まずは表札が出ている家を確認していく。同じ番地に何軒かあるらしく、二軒目までは違う名字だった。

「ここか……？」

見慣れた文字を見つけ、祐介は小さな声で呟《つぶや》く。年季の入った木製の表札には『三ノ宮』と記されている。ありふれた姓ではないから、可能性は高い。

祐介は思いきってインターホンを押し、返答を待った。

すぐに奥から物音が聞こえ、それが足音に変わる。ドアが開くまで一分とかからなかっただろう。

「祐介くんじゃない。どうしたの？」

現れたのは、一度だけしか会ったことのない叔母だった。突然の祐介の訪問に、叔母は驚きを隠せず、挨拶もなく問いかけてきた。

「すみません。お聞きしたいことがあったんですが、電話番号を控えていなくて……」

「もう連絡を取るつもりはなかったから？」

叔母にずばりと見抜かれ、祐介は申し訳なさに頭を下げるしかなかった。母親の墓を守ってくれている人に対する態度でないのは、誰が見ても明らかだからだ。

「そういうところは姉と似てるわね」

叔母は怒っているというより、呆《あき》れたように言った。

「中に入って。ここはあなたのお母さんが育った家なのよ」

「そうですか」

祐介は叔母の後について家の中に入りながら、違和感を覚えつつ相槌《あいづち》を打った。母親は派手な人だった。それに対して、この家は昔ながらの和風建築といった趣で、この住宅地の中でも一際、古いように見えた。だから、母親がこの家で育ったと言われても、ピンと来なかった。

「古くて驚いた？　祖父が建てたものをリフォームもせずに住んでるからね」

叔母は淡々とした口調で説明する。そこに、特別、卑下《ひげ》したふうな態度はなかった。

母親が女の部分を強調するタイプだとしたら、叔母はその正反対かもしれない。化粧っ気もないし、服装もパンツにシャツとあっさりしている。それに、姓が二ノ宮のままなのも気になった。結婚はしていないのか、ここに一人で住んでいるのか。他人なら気にならないはずのことが、血縁だと思うからか、急に気になってきた。けれど、祐介には聞けなかった。

「お茶を入れてくるから、その間に線香の一本でも上げてやってよ」

そう言い置いて、叔母は客間に祐介を通すと、奥にあるのだろう台所に向かって歩いて行った。

六畳の和室の中央には座卓があり、仏壇は壁に沿って置かれていた。祐介はその前に正座する。

自宅には仏壇がなかったし、また親戚付き合いがなかったのもあって、これまで一度もこんなふうに仏壇の前に座ったことがなかった。間近で見るのさえ、これが初めてになる。

仏壇など形式的なもの、この中に遺骨が納められているわけでもなければ、そもそも霊魂など存在していないのだし、意味などないと思っていた。

けれど、こうして仏壇の前で手を合わせると、不思議と神妙な気持ちになってくる。血の繋《つな》がりだけしか感じていなかった母親に、情が湧《わ》いてくるような気さえしてきた。

「お待たせ」

叔母が湯飲みの載ったお盆を持って現れた。

座卓の上に向かい合うように置かれた湯飲みに合わせて、祐介もそこに座り直す。

「いろいろとご面倒をおかけして、すみません」

綺麗《きれい》にされた仏壇を見て、祐介は改めて叔母に面倒なことを押しつけているのだと気付き、それを詫《わ》びた。

「ついでだから。姉のためだけなら、したかどうか……」

叔母が苦笑いで応じる。母親と叔母との間に何か確執があったらしいことが、容易に想像できる態度だ。

「それで、聞きたいことって？」

二人の共通点は母と繋がりがあるだけだから、その思い出を語り合いたいわけでなければ、早く本題に入るしかない。叔母から話を促され、祐介は口を開く。

「母が若い頃に勤めていた会社を知りませんか？　丸《まる》の内《うち》にあったはずなんですが」

「そんなこと聞いてどうするの？」

叔母が訝《いぶか》しげな視線を向けるのも無理はない。母親が亡くなって数年が経った今、過去の職業を知ることに意味があるとは誰も思ってみないだろう。当事者である祐介でもそう思っていた。

「俺の……父親かもしれない人が見つかったんです」

ここに来るまでの間、ずっと考えていた台詞だ。事情も言わずに情報だけを聞き出すのは、多分、無理だろうと思っていた。頻繁に会っている相手ならともかく、数年前に一度会ったきりの甥《おい》と叔母の関係なのだ。

「それで、本当の父親なのかどうかを確かめるために、当時の二人を知る人を探せないかと思って……」

「だから、その頃に勤めてた会社を知りたいわけね」

叔母はわかったように頷くと、

「本人には聞けないの？　それか、ＤＮＡ鑑定をするとか」

おそらく返されるであろうと予想していたことを問いかけてきた。

「もう亡くなってるんですよ」

「そうなの……」

祐介は淡々と答えたのだが、叔母はまずいことを言ってしまったとでも言いたげな、神妙な表情を見せた。

「勤め先、ご存じじゃないですか？」

「『サカタ』の本社に勤めてたわ」

「『サカタ』ですか？」

あまりに有名な会社名が飛び出し、祐介は驚いて問い返す。『サカタ』は世界にも進出している電機メーカーで、日本の電機業界では五本の指に入る一流企業だ。

「姉は昔からブランド志向だったから、得意げに電話をしてきたのよ。『サカタ』に就職が決まったって」

確かに、母親の持ち物にはブランド物が多かった。女手一つで子供を育てたというと、苦労している印象を持たれがちだが、祐介の母親に関しては、それが微塵《みじん》も感じられなかったはずだ。祐介の記憶している限り、常に綺麗に着飾っていた。銀座《ぎんざ》のクラブで何年もナンバーワンホステスだったというから、着飾ることも仕事の一つだったのだろう。おかげで生活に困ることはなかったが、一緒に過ごした時間も少なかった。

「その自慢の勤務先に、一年もいなかったんだけどね」

「俺を妊娠したからですか？」

母親と自分の年齢を計算すれば、容易に想像できる。祐介の問いかけに叔母は黙って頷いた。

「父親については何か聞いてませんか？」

「全く」

叔母は苦笑して首を横に振った。

「そもそも祐介くんのことだって、大きくなってから知ったくらいだし」

「そうだったんですね」

祐介も簡単にここで父親についての情報が得られるとは思っていなかった。もしかしたらという、僅かな可能性を考慮して尋ねただけだったから、落胆はない。

「やっぱり、父親のことを知りたくなった？」

「なりゆきなんですが……」

横領に巻き込まれたせいでとは言いたくなくて、祐介は言葉を濁す。そんな祐介の態度から話せない事情があるのだとわかってくれたのか、叔母はそれ以上の追及はしてこなかった。

「あんまり力になれなかったわね」

「いえ、母の勤め先を知りたかっただけなので、充分、力を貸していただきました」

祐介が頭を下げ、それが席を立つきっかけとなる。玄関先まで叔母に見送られ、別れの挨拶をしようと、祐介は振り返る。

「はい、これ」

叔母が小さな紙切れを差し出してくる。そこには〇九〇で始まる十一桁《けた》の数字が記されていた。

「今度は電話してきなさい。お互い、唯一の肉親なんだから」

叔母は初めて見る優しい笑みを浮かべ、メモを手のひらにのせたままの祐介の手を握りしめた。

「ありがとうございます」

自然と礼の言葉が口をついて出てくる。これまで叔母に対して、特別な感情は何もなかった。ほぼ面識がなかったから、好きも嫌いも感じようがなかったのだ。だが、今回、初めてちゃんと言葉を交わしたことで、急に親しみが湧いてきた。

唯一の肉親。叔母の言ったことが全てだ。

家族などいてもいなくても同じ。そんな考え方を持つような生き方しかしてこなかったから、血の繋がりなど何の意味もないと思っていた。それなのに、現実に母親が亡くなり、父親だと思われる野間が死んだことで、完全に天涯孤独になった気がしていたのかもしれない。だから、叔母の言葉がすとんと胸の中に落ちてきて、ジンとするような暖かい気持ちを素直に受け取れたのだろう。

叔母に別れを告げ、その場を離れた後も、祐介はずっと穏やかな表情のままだった。叔母を訪ねた目的も、そうなることになったきっかけも、真犯人が誰かも、もうどうでもいいような気さえしてきた。


石堂から電話がかかってきたのは、茨城から帰り、東京駅《とうきょう》に着いたときだった。

『今、どこにいる?』

「東京駅に着いて、これから乗り換えを……」

『近くにいるから、迎えに行く。八重洲《やえす》の地下駐車場で待ってろ』

石堂は言いたいことだけ言うと、祐介の返事も待たずに電話を切った。

都内を移動するなら電車のほうが早い。祐介は不満に思いつつも、指定された場所へと案内板を頼りに歩き出す。何か急ぎで知らせたいことがあったのかもしれないからだ。

　車の免許は持っているが、車自体は持っていないし、運転をする機会もなく、東京駅には何度も来ていても、地下駐車場は初めてだ。地下に降りていき、駐車場へ降り立った途端、クラクションが短く鳴らされた。

「こっちだ」

　石堂が運転席の窓を開けて顔を覗《のぞ》かせ、祐介を手招きしている。降り口がわかっていて、その近くに車を停めていたのだろう。まさか祐介のほうが待たせる立場になるとは思わなかった。本当に近くにいたらしい。

「すぐに出るなら駐車場に入る必要はなかったんじゃないのか？」

　祐介は助手席に乗り込んでから疑問をぶつけた。

「仮にも刑事の俺が駐車違反をするわけにはいかないだろ」

　石堂は早々に精算を済ませ、駐車場から脱出する。

「だったら、わざわざ迎えに来なくてもよかったんだ」

「お前な、人の親切を……」

「ただのお節介だろ」

　石堂を遮った挙げ句、祐介は素っ気なく撥《は》ねつけた。ただでさえ、他人に世話を焼かれるのは苦手なのに、石堂のような押しつけがましい親切など尚更無用だ。

「それに俺にはお前から親切にされる謂れはない」

「お前にはなくても俺にはあるんだよ」

石堂がムッとしたように言った。知り合ってまだ三日だというのに、石堂のこんな表情を祐介は何度も見ている。つまり何度も祐介に対して腹を立てているということだ。にも拘わらず、どうして、こんなに世話を焼こうとするのか。石堂の行動は、本当に祐介には理解できない。

「そんなことより、お袋さんの勤め先はわかったのか？」

石堂が気を取り直して尋ねてくる。

「『サカタ』だ。もっとも、一年もいなかったそうだが」

「一流企業なのに、そこをすぐ辞めたって？」

意外そうな問いかけに、祐介は簡単に妊娠したからだと事情を話した。

「ってことは、勤めてた期間は、お前の歳から逆算すればわかるな」

そう言った石堂の顔は、既にその時期を計算しているらしく、何か考えるような真面目な表情をしていた。

「当時の同期を当たれば、何か知ってる奴が一人くらいいるかもしれないいな」

「同期なんて、どうやって調べるんだ？」

「舐《な》めんなよ。俺は刑事だ」

偉そうに答えた石堂の横顔が、若干、得意げにも見えて、祐介は呆れて小さく溜息《ためいき》を吐く。

「令状もないのに捜査はできないとか言ってなかったか？」

「それは堂々と銀行に乗り込む場合だ。ただ当時の社員を調べるくらい、令状がなくてもなんとかなる」

石堂は既にやる気満々な態度だった。

「職権濫用じゃないか」

「お前のためだろ」

「だから、俺は頼んでない」

何度、言わせるのだと、祐介も眉間に皺《しわ》を寄せる。せっかく叔母に会って、生き方を少し見直そうかという気になれていたのに、石堂のような恩着せがましい男に会うと、やはり人付き合いはしたくないと思ってしまう。

「お前はなんで人の厚意を素直に受け取れないんだ。そんなんじゃ、彼女とだって喧嘩ばかりだったろ？」

「付き合わないから問題ない」

「付き合わないって、今まで誰とも？」

驚いたように問われても、事実だからと祐介は素直に頷く。

「嘘だろ。その顔で恋人いない歴イコール年齢だって？」

石堂は今度こそはっきりと驚きの声を上げた。

人付き合いはしていないと言ったのだから、祐介が女性と付き合っていないのもわかりそうなものなのに、何故、今更、驚くのか。祐介からすれば、そんな石堂の態度のほうが不思議だった。

「そうか。彼女はいないのか」

何が嬉《うれ》しいのか、石堂はそう呟きながら笑顔を見せる。

「けど、もったいないな。告白されたことはあっただろ？」

「あったな」

自慢するつもりはなく、ただ事実として祐介は答える。

「でも、断ってきた？」

祐介はそうだと頷いた。

石堂にももったいないと言わせる顔立ちのせいか、こんな性格なのに、これまで何度も女性から告白をされてきた。好きじゃないとはっきり答えても、とりあえず付き合ってから考えてくれとまで言い出す強者《つわもの》もいた。それでも祐介は拒んできた。女性との交際など、面倒以外の何ものでもなかった。

「だからか」

石堂はわかったふうに言うと、急に車を歩道に寄せて停めた。ここが目的地なのかと問いかけようとした瞬間、視界が石堂の顔で塞がれる。

肉厚の唇が祐介のそれに押しつけられても、まだ何をされているのか理解できなかった。祐介の経験のなさが、抵抗を遅らせた。

「んっ……ふぅ……」

息苦しさに、祐介は唇を離そうと身を捩《よじ》るが、息を吐いた一瞬後には、すぐに引き戻される。そして、さらに口中に舌まで差し込まれた。

他人と唇を触れ合わせることも初めてなら、こんなふうに舌の感触をリアルに感じることも、もちろん未経験だ。何もかも初めてで次が予想できず、祐介はされるがままでいるしかなかった。

上顎を舌先で突かれるだけで、何故だか背筋に痺《しび》れが走った。このゾクゾクと身震いするような感覚は祐介にも覚えがある。だから、きっと次は中心に熱が集まり始め、体が熱くなるはずだ。それは避けたかった。

キスなどただ唇を重ねるだけ、形式的なものでしかないと思っていた。それが違うことを祐介は身を以て教えられた。体が変化を来《きた》す前に、どうにか石堂を押し返そうと思うのに、貪《むさぼ》るように口中を動き回る石堂の舌が、体から抵抗する気力すら奪っていく。

「や……はぁ……」

高まる熱が怖くさえ感じて、祐介は縋《すが》るように石堂の腕を摑《つか》んだ。祐介をこんな状態に陥れた張本人なのに、他に頼れるものはなく、石堂に助けを求めるしかなかったのだ。

そんな想いが石堂に通じたのか、それとも腕を摑む力が強すぎたためか、石堂がようやく顔を離した。

「やっぱり、キスも初めてだったな」

顔を離したものの、まだ近い距離で、石堂は確信を持った口調で言った。

今、自分の身に何が起きたのか。衝撃と初めての快感で、祐介はまだ冷静さを取り戻せずにいた。ただ石堂の顔を見つめ返すだけだ。

「お前はもうちょっと色恋沙汰に揉《も》まれたほうがいい」

「色恋……沙汰？」

ぼんやりと同じ言葉を繰り返す祐介に、石堂がふっと口元を緩める。

「手っ取り早くいろんな感情を身につけられる。そんな顔もできるようになっただろ」

石堂はそう言って、すっと手を伸ばしてきた。

大きな手が頰を優しく撫《な》でる。母親にすらされたことのない行為だ。むず痒《がゆ》いような照れくさいような不思議な感覚だった。だが、一瞬でも母親のことを思い出したおかげで、冷静さが甦《よみがえ》ってくる。

「何の真似だ？」

祐介は手を振り払い、批難を込めて尋ねた。さっきからの石堂の行動が、祐介には理解不能で本人に聞くしかなかった。

「人付き合いできないのは、極端に感情表現が乏しいからだ。それを教えてやろうと思ったんだよ」

「それだけで、お前は男にキスするのか？」

そんな説明で納得できるかと、祐介は疑惑の目を緩めない。

「それだけってわけでもない。ちょっと確認したいことがあったんだ」

「確認って何を？」

「それは今度教える。でも、おかげで確信できた」

そう言った石堂の顔には満足げな笑みが浮かんでいて、祐介を見つめる視線にも、今までにない優しげな色が宿っているような気がした。

キスをすることで何が確認できて、何を確信したのか。祐介には全くわからず、不快さを露《あら》わにしているというのに、そんな祐介の反応さえ、石堂は楽しげに見ているだけだ。

「お前もそのうち気付くさ。俺と何度もキスをすればな」

「ふざけるな。誰が何度もするか」

「何度もじゃなければいいんだな。とりあえず、あと二、三回はしておくか」

勝手なことを言って、石堂は車を再び車道へと戻して走らせ始める。悪いことをしたとは微塵も思っていなさそうな態度だ。

ただのアクシデントだと、気にしなければいいだけだ。けれど、男にキスをされた衝撃は、そう簡単に忘れられそうにない。厚い唇の感触はまだはっきりと祐介の唇に残っている。つい横目で石堂の横顔を盗み見る。

「とりあえず、事務所でいいだろ」

石堂の唇が動く。だが、動きに目を奪われ、その意味が頭に入らない。

「おい、聞いてんのか?」

答えない祐介に、石堂が焦れたように重ねて尋ねてくる。

「事務所でいいのか?」

「嫌だと言っても行くんだろ?」

「まあな」

「なら、聞くなよ」

さっきのキスで見せた醜態を誤魔化すため、祐介はことさら素っ気なく答えた。

「そういえば、携帯に銀行から電話はかかってきてないか?」

「全くないな」

自宅待機を命じられた昨夜から、祐介の携帯電話は一度も着信していない。メールのやりとりは誰ともしていないし、電話をかけてくる友人もいないから、珍しいことではなかった。携帯電話はあくまでも仕事用で持っているだけだ。

「昨日の今日だし、対応を決めかねてるってところか。まだ調べる時間はありそうだな」

石堂は満足げに頷いている。祐介の両親について調べることのほうが石堂の目的のはずなのに、刑事魂というのか、事件は放っておけないようだ。

車はまた昨日と同じ道に入り、事務所へと進んでいく。石堂と初めて会ったときは、まさかこんなふうに通う羽目になるとは思ってもみなかった。

車を停めたのも昨日と同じ場所で、そこから事務所のあるビルへと歩いて向かう。下から見上げると、事務所の窓が開いていた。

「富野さん、帰ってるみたいだな」

富野がどんなふうに聞き込みをするのか知らないが、朝から調査に出かける予定だったらしいと、石堂の言葉でわかった。

「おかえりなさい」

事務所のドアを開けると、富野が笑顔で出迎えてくれた。

「それで、石堂くんはどうしているの？」

「こいつが勝手にどこか行かないよう、連れてきたんだよ」

石堂はそう言ってから、簡単に駅で落ち合ったことを説明した。

「またこっちにばかりかまけてると、安居《やすい》さんが困ってるんじゃない？」

富野が諭すような口調で、祐介の知らない名前を口にする。それに対して、石堂は素知らぬ顔をするだけだった。

「安居さんっていうのは？」

「石堂くんの相棒の刑事さん」

祐介の質問に答えた富野は、さらに話を続ける。

「石堂くんがしょっちゅう行方をくらませるから、何度もここに探しに来るんだよ。かわいそうでしょう？」

「ホントですね」

刑事が二人一組で行動することは、知識として知っていた。呼び出しがないからといって、こんなふうに一人で勝手なことをされていては、相棒としてはたまらないだろう。仕事上の迷惑を掛けられることへの不快感から、祐介は実感を込めて同意した。

「そんなことより、富野さんは何か収穫があったから来たんだよな？」

嫌みを言われた仕返しをしようというのか、たった一日も経っていないのに、富野に石堂は成果を求める。

「途中経過の報告ってところかな。とりあえず、座らない？」

富野に促され、祐介と石堂は応接ソファに並んで座った。富野から話を聞く立場だからか、自然とこの位置になった。

「昨夜はちゃんと眠れました？」

ソファに座ったことで、改めてその狭さに気付いたのか、富野が心配したように尋ねてくる。

「大丈夫です。むしろ、家で寝るより熟睡できたくらいです」

祐介が正直に答えると、それを聞いた富野と石堂が僅かに驚いたように顔を見合わせた。

「なんですか？」

「やっぱり親子だなって。野間さんも同じことを言ってた」

富野の口調が急にくだけたものに変わる。

「このソファのほうがよく寝られるって言って、しょっちゅう泊まってたよな」

石堂も父親を懐かしむような表情を見せ、富野に同意した。

「そんなことくらいで親子関係を認定されても困るんですが……」

「そうだったね。まだ確定してないか」

富野はあっさりと引き下がると、

「それじゃ、先に聞き込みの結果を報告しようかな」

ここにやってきた本来の理由を口にする。

富野が話し言葉を変えた理由は定かではないが、野間の面影を祐介に見いだしたことではないだろうか。富野の祐介を見る目が優しくなったような気がして、そう思った。

「お願いします」

石堂が芝居がかった殊勝な態度で頭を下げる。富野はそれを鼻先で笑い飛ばし、手帳を取り出した。

「まず、今の状況だけど、支店の女の子たちの話から察すると、噂《うわさ》はもう支店全部に広まってるみたいだね」

「こいつが横領をしたって？」

確認を求めた石堂に、富野はそうだと頷く。

「でも、それっておかしくないか？　銀行側は横領があったことを隠したいはずだろ？　それなのに、たった一日でそんなに広まるもんかな」

言われてみれば、確かにそうだ。知る人間が多くなれば、それだけ外に話が漏れる可能性が高くなる。どんなに強く口止めしても、人の口に戸は立てられない。本当に隠したいなら、支店長たち上層部だけで留めておくべきだ。

「だから、僕もそこを突っ込んで聞いてみたんだけど、二ノ宮くんが休んだ日の午後から、急に融資課が騒がしくなったんだって。で、理由を聞いたら横領が見つかったらしいと言うから、銀行中が大騒ぎになったみたいだね。まだ融資課の人から話が聞けてないから、詳細は不明だけど」

つまり、祐介が自宅待機を命じられたあのときには、もう支店中が話を知っていたというわけだ。道理で呼び出されたとき、誰にも会わないようにと通用口まで芹沢《せりざわ》の送り迎えがついたはずだ。

「真犯人がわざと噂をばらまいたか……」

「多分、そうだろうね」

石堂の呟きに、富野がすぐに応じる。

「じゃなきゃ、そんなスピードで噂は広まらない」

祐介を置いてきぼりにして、石堂と富野は二人だけでわかったふうに話を進める。

「ちょっと待ってください。わざと噂をばらまくことで、犯人に何の得があるんですか?」

祐介は堪らず口を挟んだ。二人は刑事と探偵だから、こういったことには慣れているのかもしれないが、素人の祐介には何故、そんな展開になるのかわからなかった。

「得はあるよ」

先に答えをくれたのは富野だった。

「二ノ宮くんを精神的に追い詰めるためとか、逃げ道を塞ぐためとか、いろいろ考えられるね」

「逃げ道を塞ぐ?」

「周囲にお前を犯人だと信じ込ませて、完全に孤立させるってことだよ」

祐介の疑問に、富野ではなく石堂が答えた。つまり二人は同じ考えということだ。富野の報告を石堂も今初めて聞いたはずだが、二人は相談しあわなくても、同じ結論に至ったらしい。

「どうして、そこまで……」

「そりゃ、万が一にでもお前を助けようとする人間が現れちゃ困るからな」

呆然《ぼうぜん》とした祐介の呟きを石堂が強い口調で遮った。

「お前が犯人じゃないことは、真犯人が一番よくわかってる。放っておけば、他にも疑いを抱く奴が出てくるかもしれない。だから、先手を打ったってわけだ」

石堂の言葉は俄《にわか》に信じられず、まさかという思いで富野を見ると、そのとおりだというふうに頷いている。いくつもの事件に関わってきたはずの刑事と探偵が言うのだ。おそらく間違いないのだろう。

「ただ、完全に犯人の思惑どおりってわけにはいかなかったみたい」

「どういうことだ?」

「二ノ宮くんの人柄が横領犯には不向きだったってこと」

富野は問いかけた石堂にそう答えてから、祐介に向かって何とも言えない微妙な笑みを見せた。

「仕事以外での付き合いが一切ないから、仕事場での二ノ宮くんしか知らないけど、とにかく無駄を嫌い、いかに時間をかけず合理的にこなすかを考えてる人だっていうのが、話を聞いた女の子たちの共通した意見だったね。だから、本当はめんどくさがりなんじゃないか、とも言ってた。よく見てるよね」

富野はくっと喉《のど》を鳴らして笑う。

「そんな面倒ごとを嫌うような人が、横領なんてするかなって言ったのは、先輩の栗原《くりはら》さん。

他の子たちもそれに頷いてたよ」

犯人でないと思われているのは喜ばしいことだが、褒め言葉とも思えない。祐介は苦笑いするしかなかった。

「それで、ここからが肝心なんだけど、そんな話をしてる最中、栗原さんがもっと気になることを言ったんだ」

何か事件の核心に迫ることが聞けそうで、自然と祐介は身を乗り出していた。

「二ノ宮くんとは違って、横領をしてもおかしくない人がいるみたいだよ」

「凄《すご》い情報じゃないか。それ、誰だ?」

祐介以外に犯人の可能性がある人間がいる。石堂は意気込んで富野に詰め寄った。

「そこまではね」

富野が残念そうに首を横に振る。

「みんながいるランチの場で雑談っぽく聞いただけだから、さすがに名前は出せないでしょう。栗原さんも口が滑ったと思ったのか、すぐに冗談のように誤魔化してたけど、多分、本音だろうね」

あえてその場で口にしなかったことが、逆に信憑性《しんぴょうせい》を持って聞こえる。富野もそう感じたからこそ、調査結果として報告したに違いない。

「誰か心当たりはないのか?」

石堂から尋ねられた祐介は首を傾げる。噂話に参加したこともなければ、仕事のこと以外で、同僚に注目したこともない。だから、横領をしてもおかしくないと思われる行動を取っていた人物に心当たりなどあるはずもなかった。

「だったら、可能性で考えろ。証拠をでっちあげるためには、お前のパソコンやデスクを自由に触ることができないと無理だ。それができる奴は？」

「限られてはいるが、一人や二人ってわけでもない」

祐介は冷静に状況を説明した。少なくとも祐介と同じ融資課の人間ならそう難しくはないはずだ。現に今も祐介不在の間は誰かが代わりに祐介の担当分の仕事をしているのだし、それは祐介のデスク周りに触れなければできない。

「つまり、簡単に特定はできないってことか」

石堂がチッと舌打ちする。

「いっそのこと、警察沙汰にしてみるかな。そうすりゃ、堂々と銀行に乗り込んで調べられる。急拵《ごしら》えの杜撰《ずさん》な偽証拠くらい、簡単に見抜けるぞ」

どうだというふうに、石堂が祐介を見つめる。

確かに祐介も最初はそう思ったし、支店長たちに警察を呼んでくれとも言ってみた。そのときは断られたが、結果として今はよかったのではと思っていた。

石堂の言いたいことも、もちろんわかっている。それが一番正しい方法なのかもしれないというのも、理解はできる。けれど、警察も絶対ではない。現実に冤罪《えんざい》事件がなくならない以上、祐介もその一人にならないとは限らないのだ。警察沙汰にしてしまえば、どんな結果であれ、それが事実として受け止められてしまう。

「納得できないみたいだな」

黙り込んだ祐介を見て、石堂がそんなふうに判断した。

「慎重になるのも無理はないよ。下手すれば、犯罪者にされてしまうんだから」

相変わらず富野は穏やかな口調ながらも、同情するように祐介の気持ちを代弁してくれた。

「そう考えると、銀行が警察に届けなかったのは、お前としてはラッキーだったってことだよな」

石堂は自分の考えを整理するかのように呟いていたが、やがて、ふと何か思いついた顔になった。

「真犯人はそこまで計算してたってことか……」

「どういう意味だ?」

祐介は眉間に皺を寄せ、不可解な言葉の意味を尋ねた。

「警察に届けないよう、支店長に進言したのは真犯人じゃないかってことだ。銀行の世間体《てい》のためじゃなく、お前に黙って身を引かせるためにな。誰だって犯罪者にはなりたくないだろ?」

「犯人は二ノ宮くんなら、罪を着せられても黙って辞めると思ったんだよ」

石堂が説明し、打ち合わせしたかのように富野まで、その意見に同意した。これだけの情報でも、二人なら容易に推理できるらしい。

祐介と他の同僚たちとの違いは、銀行内に交友関係を築いているか否かということだ。これが他の誰であっても、そんなはずはないと庇《かば》う人間が一人は出てくるかもしれない。相談をして話が広まるかもしれない。けれど、祐介にはその心配がなかった。祐介が誰とも関わりのないことは、銀行内では知らない者がいない、周知の事実だ。

「これに懲りたら、今後はもう少し周りとの関わり方を変えてみるんだな」

「仕事をするのに必要ないだろ」

責められるように感じて、ついぶっきらぼうに答えてしまう祐介に、石堂と富野は顔を見合わせて溜息を吐いた。

「必要なくはないでしょ。どんな仕事だって、誰とも付き合わずに円滑に進めることなんてできないと思うよ。二ノ宮くんも今回のことでわかったと思うけど」

諭すような富野の言葉に、祐介は何も答えられなかった。反論する余地のないほど事実だったからだ。人並みな人間関係を築けていれば、きっとこんな目には遭わなかったのだろう。これまで自分の生き方を一度も悔やんだことはなかったのに、生まれて初めての後悔をまさかこんな形で味わうとは思わなかった。

「でも、少しずつ変わってきてるかな?」

富野が祐介の顔を覗き込む。

「初めて会ったときは、とりつく島もないって感じだったけど、今は付け入る隙《すき》がある」

「確かに、隙はあるな」

石堂が祐介を見て思わせぶりな笑みを浮かべた。

石堂にキスをされたのは、ほんの一時間前のことだ。それなのに本人は平然としているどころか、挑発するかのように笑っているのが腹立たしい。祐介は無言で石堂を睨《にら》み付けた。

「二ノ宮くん、どうかした?」

「あ、いえ、別に……」

不機嫌な顔を富野に気付かれ、祐介は慌てて表情を取り繕う。何があったかを話せるほど、色恋沙汰には慣れていない。どんな顔でこんな話をすればいいのかわからないのだ。

「で、この後も引き続き調査する方向でいいのかな?」

富野が確認を求めたのは、依頼主である石堂だ。

「当然だろ。こんな中途半端で終われない」

「それじゃ、その怪しい人が誰かを聞き出してくるね」

いとも簡単に言ってのけるのは、それだけ自信のある証拠だろう。富野の探偵としての手腕がどれほどのものか知らないが、刑事の石堂が安心して任せるのだから、かなりのものに違いない。

「俺は『サカタ』で同期を調べてくる」

「『サカタ』？」

その話は初耳だと問い返す富野に、石堂が簡単に祐介が聞いてきたことを報告した。

「ってことは、次は君が頑張らないと」

富野はにっこりと石堂にほほえみかける。

「俺が何を頑張るんだよ」

「今のところ、何もしてないのは君だけじゃない。偉そうに指示してるだけでしょう？」

笑顔で厳しいことを言われ、石堂がぐっと言葉に詰まる。そのやり込められる様を見て、祐介は少しだけ溜飲《りゅういん》が下がった。

「何、嬉しそうな顔してんだよ」

「お前の気のせいだ」

祐介が軽くいなすと、石堂はムッとしたように顔を顰めた。

「俺が調べてくるまで、お前はここで待機だからな。ちょろちょろ出歩くんじゃないぞ」

一方的に言い残し、祐介の返事も待たずに事務所を出て行った。

「せわしない男だね」

石堂の消えたドアを見つめ、富野がおかしそうに笑う。

「せわしないっていうより、暑苦しくないですか？」

祐介の問いかけに、富野は声を上げて笑い出した。

「確かに、ちょっとうっとうしいかな」

富野は祐介以上に毒を吐きながらも、穏やかな笑みは崩さない。

「他人事なのに、なんであんなに熱くなれるんでしょう？」

「元々の性格もあるんだろうけど、今回はちょっといつも以上な気がするよ」

「それは俺が息子だからですか？」

他に理由が思い当たらず、祐介はそう問いかけた。

「どうもそれだけじゃない気がするんだよね。それが何かはわからないけど」

石堂と付き合いの長い富野にもわからないなら、祐介に理解することなど不可能だ。だが、理解できなくても、石堂の力を借りる必要がある以上、受け入れるしかなかった。

「それじゃ、俺も行こうかな」

「まだ仕事の終わる時刻じゃありませんが……」

祐介の同僚に話を聞くなら、仕事が終わるのを待たなければならない。まだ午後四時を過ぎたところで、会うことすら難しそうだ。

「事前準備。何しろ、長引かせられない案件だから」

「俺の処分が決まる前にってことですか？」

「そう。銀行が決断を下す前にね」

富野は祐介を安心させるかのように、優しい笑みを浮かべて答えてくれた。これだけでも富野が本当に祐介を心配してくれているのがわかる。石堂もそうだが、どうして二人はこんなに親身になってくれるのか。祐介を犯人だと疑わないのか。それが不思議だった。野間の息子というだけで信頼されるほど、野間に人望があったというのだろうか。

「もし、銀行から何か言ってきたら、すぐに連絡して。また対策を考えないといけないから」

富野は念を押すように言ってから、石堂に遅れて事務所を出て行った。

残されたのは何もすることのない祐介一人だ。もっとも、それは苦ではなかった。出歩くなと命令されなくても、外出は億劫《おっくう》だから用がなければ、出て回ろうとは思わない。ただ、食事だけはどうにかしなければならない。

そこまで考えて、朝のことを思い出した。頼んだわけではないとはいえ、朝食の手配をしてもらい、その代金まで支払ってもらったのに、石堂に礼を言うのを忘れていた。石堂の強引な態度が、つい祐介から感謝の気持ちを奪うのだ。

祐介は一つ溜息を吐いて、テーブルに置いたままだった喫茶店の出前用メニューを手に取った。空腹を感じなかったせいで、昼食がまだだった。午後四時過ぎ。昼食には遅すぎて、夕食には早すぎる時刻だが、面倒だから二食分をまとめればいいかと、携帯電話を取りだす。

『はい、喫茶レオンです』

呼び出し音が三回続いた後、快活な若い男の声がした。

「あっと……」

出前を頼もうと電話をしたものの、どう名乗ればいいのか、この瞬間まで考えていなかった。二ノ宮と名乗ったところでわからないだろう。

「野間探偵事務所まで出前を頼みたいんですが……」

結局、祐介は一番、伝わりやすいであろう名前を口にした。

『ああ、二ノ宮さんですね。ありがとうございます』

どうやら電話応対していたのは、新家だったようだ。おまけに新家は祐介の名前まで知っていた。朝は呼びかけられることはなかったが、石堂が最初に教えていたのだろう。

「出前、いいかな?」

『今の時間、暇なんで、最速でお届けしますよ。何にします?』

朝と同じく気さくな口調の新家に、祐介は簡単にできそうなカレーライスを注文した。

その電話を切った僅か五分後、新家はもう事務所のドアを叩《たた》いていた。

「本当に最速だ」

「二ノ宮さんが最速になりそうなメニューを頼むからですよ」

新家は笑いながら言って、応接テーブルの上にトレイを載せた。カレーライスにサラダの入った小鉢が添えられている。

「いくらかな？」

「もうもらってます」

予想外の答えに祐介は眉根を寄せる。

「二ノ宮さんがうちで飲食する分は、全て石堂さんが支払うことになってるんですよ。だから、好きなだけ頼んでください」

「そこまでしてもらう謂れはないんだけどな」

ありがたいと思うよりも不快さが勝る。祐介はその感情を露骨に顔に出した。

「野間さんのこと、父親みたいに慕ってたから、きっと、その恩を二ノ宮さんに返してるんですよ」

「父親みたいか……」

祐介にはよくわからない感情だ。だから、口にすることで少しは理解できるかとただ言葉だけを呟いてみたのだが、その拍子にふとおかしな妄想が頭をよぎった。

「それ以上の関係ってことはないかな？」

「それ以上、ですか？」

どういう意味だと新家が問い返す。

「二人は……恋人同士だったとか」

「いやいやいや、それはないですよ」

祐介の言葉を最後まで聞かずに、新家が笑いながら全力で否定する。

祐介もまさかとは思う。けれど、何もなくて同性にキスをするだろうか。祐介が恋人の息子だから、そんな気持ちになったと言われたほうが納得できると考えたのだ。

「どれくらいありえないかって言ったら、俺がノーベル賞を取るくらいにありえないです」

「そんなに？」

「絶対、確実、百パーセントありえません」

ここまで自信たっぷりに断言するのだから、おそらく間違いないのだろう。どうやら祐介の考え過ぎだったようだ。だが、そうなると、またあのキスの意味がわからなくなる。

「なんか、そんなふうに思うことがあったんですか？」

新家が純粋な好奇心で尋ねてくる。

「俺なら、恩人の息子だろうが、そこまで面倒見ようなんて思わないから」

「性格のせいもあるんじゃないですか。ああ見えて、意外と面倒見がいいんですよ」

新家もまた石堂とは付き合いが長いらしく、祐介の知らない一面を教えてくれる。

「刑事なんて忙しいはずだろう？　いくら面倒見がよくたって、こんなに頻繁に顔を出せるものかな」

「ああ、確かに忙しそうでしたね。今日の午前中、見かけました」

「ちゃんと仕事してた？」

今日の午前中なら祐介を迎えに来る前のことだ。そのときは仕事で近くにいたらしいことを言っていたが、あまりにタイミングが良すぎて祐介は疑いを抱いていた。

「相棒の安居さんと一緒だったから、仕事だと思いますよ。聞き込み中だったのかな」

安居という名前は、富野が話していたのを聞いて覚えている。石堂とコンビを組まされている気の毒な刑事だ。たびたび抜け出す石堂のことを、安居はいったいどう思っているのだろうか。

「心配しなくても大丈夫ですよ。優秀な刑事なんですから、少しくらいの勝手は許されますって」

「俺は別に心配なんか……」

祐介が慌てて否定しかけたところで、何の面白みもない無機質な電子音が室内に鳴り響く。初期設定のままにしてある祐介の携帯電話の着信音だ。

「ちょっとごめん」

話している途中だからと、新家に断りを入れてから、祐介は携帯電話の着信表示を見た。

「副支店長……?」

祐介は驚きを隠せず、思わず声が零れ出てしまった。銀行内で個人的に番号を交換しているのは副支店長の松前だけだ。それも祐介が望んだのではなく、半ば強引に松前から促された結果だ。だが、これまで一度もかけていないし、かかってきたこともなかった。わざわざ携帯電話に連絡を寄越すのは、祐介の処分が決まったからだろうか。そんな予想が自然と祐介の顔を強ばらせた。

「じゃあ、俺、帰りますね」

自分がいては電話の邪魔だと思ったのか、気を利かせた新家が小さく頭を下げて出て行った。確かに聞かせたくない話になりそうだから、祐介は新家の気遣いに感謝しつつ、通話ボタンを押した。

『松前だけど、二ノ宮くん?』

聞き慣れた声が聞こえてくる。声の調子だけだと、松前の態度は祐介が休む以前と変わらない。

「お疲れさまです」

なんと答えていいかわからず、ひとまず業務的な受け答えをしてみた。

『大変なことになってるね。出張から戻って、今、話を聞いたところなんだ』

「処分が決まったという電話じゃないんですか?」

『まさか』

電話の向こうで松前がはっと声を上げて笑う。

『処分の通知なんて、私の仕事じゃないよ。それに、君は何もしていないんだから、そんな諦《あきら》めたようなことを言ってはいけない』

「副支店長は私がしていないと信じてくださるんですか？」

祐介は驚いて問いかけた。

『当たり前だろう』

ほんの数回、一緒に昼食を食べた程度だが、それでも銀行内で誰より祐介のことを知ってくれているからか、松前は躊躇《ためら》いなく言い切った。

『私がいるときに発覚したのなら、その場で証拠とやらを見て、疑いを晴らしてあげられたんだが……』

「副支店長も証拠が何かご覧になってないんですか？」

松前の口ぶりが、そんなふうに物語っていた。

『そうなんだよ。君と親しいと思われているから、今回の件、私は蚊帳《かや》の外に置かれているんだ』

松前は憤慨したように言ったが、祐介は冷静だった。昨日から石堂たちの会話に参加していたせいか、その言葉の裏を考えるようになった。銀行内で唯一の祐介の味方と言っていい松前が、よりによって出張中に事件が発覚した。松前の出張がどういう経緯で決まったのかわからないが、もしかしたら、そこにも何か裏があるのかもしれない。

「それでも、副支店長に詳細を話さないなんてことができるんですか？」

『横領金額が三百万円だからね。支店長の独断で事件を隠し通せる額だ。君を退職させて、その退職金で補塡《ほてん》させるつもりだろうな』

三百万円は決して少ない額ではないが、銀行の支店単位で考えれば、揉み消せる金額のようだ。退職金を貰《もら》わずとも、今の祐介でも払える金額なのに、真犯人にとっては横領しなければ手に入らなかったのだろうか。いくら周りと付き合いがなかったとはいえ、そこまで金に困っていた同僚がいるとは思えなかった。

『とりあえず、少し調べてみるから、くれぐれも結論を急がないようにね』

祐介が黙り込んだせいもあるのだろう。松前は投げやりになった祐介が辞表を出してしまうのではないかと心配して、釘を刺してきた。

「大丈夫です。横領犯にされたままでは辞められません」

『落ち込んでいるわけではないようだ。安心したよ』

「ありがとうございます。証拠の件、よろしくお願いします」

松前の申し出に、全く不審を抱かないわけではないが、今は頼れるのが松前しかいない。人並みの付き合いができていないから、何も情報を得られないのだと言われたが、嫌々ながらでも松前の相手をしていてよかった。もしかしたら、祐介が一番の情報を報告できるかもしれないのだ。

出し抜きたいわけではなく、自分にもできることがあると思わせたい。仕事でもないのに、祐介がこんなふうに感じたのは、これが初めてだった。

4

ソファで眠るのも二日目だ。初日も充分に熟睡できていたのだが、今日も自然と眠りにつけた。叔母との対面がほどよい緊張感をもたらしたのがよかったのだろう。だから、真夜中の突然の訪問者にも、肩を叩かれて起こされるまで気付けなかった。

「石堂……？」

完全に覚醒《かくせい》していない頭で、祐介は目の前にいる人物を特定した。消したはずの照明がついていたからわかったことだ。だが、どうして、ここに石堂がいるのか。寝る前に鍵はしっかりとかけておいたのにだ。

「お前、なんで電話してこない？」

低い声で問いかけられ、祐介は意味がわからず眉間に皺を寄せる。

「電話がなんだって？」

何しろ、寝ているところを起こされたばかりで、まだ完全に頭が覚醒していない。その状況で唐突な質問をされても、答えられるはずもなかった。

「だから、銀行から電話があったんだろ?」

苛ついたように言われ、祐介はようやくそのことかと理解した。

「ああ、そのことか。電話は銀行からじゃない。副支店長個人からだ」

ようやく理解した祐介は、体を起こして簡単に説明した。その間、石堂はそばに立ったままで祐介を見下ろしている。

「でも、電話があったことをよく知ってたな」

祐介は誰にも話していないから、石堂にどうやって伝わったのか、それが不思議だった。

「新家に聞いた」

「新家くん? そうか、いたな」

石堂に言われて思い出す。電話がかかってきたとき、新家がそばにいて、しかも、驚いたせいでつい副支店長からだと呟いた覚えもあった。

「お前、職場では誰とも付き合いがなかったんじゃないのか?」

「付き合いなんていうほどたいしたもんじゃない。何度か昼食を御馳走になった程度だ」

寝起きの祐介でも、石堂がどうやら自分に対して怒っているらしいことがわかってきた。だが、その原因までは思い当たらない。

「携帯の番号を交換してるだろうが」

「断るのが面倒だっただけだ」

石堂の詰問に、祐介はうんざりして答えた。寝入りばなを起こされ、祐介も上機嫌というわけにはいかない。元々、愛想のいいほうではないが、さらに態度が冷たくなる。

「副支店長はどうして電話なんかしてきたんだ？」

「副支店長は昨日、一昨日と出張でいなかった。横領のことは昨日知ったらしい。それで、心配して電話をかけてきてくれたんだ」

「それだけか？」

依然として不機嫌そうな顔のまま、石堂が疑いの目を向けてくる。

「それだけって……。いちいち突っかかるな。何をそんなに怒ってるんだ？」

「お前が無防備すぎるからだ。犯人が焦って連絡を取ってきたとも考えられるってのに」

「副支店長が犯人？」

あまりにも予想外の発言に、祐介は呆気《あっけ》にとられ、それから小さく笑った。

「それはありえない」

「どうして言い切れる？　その副支店長はお前のパソコンには触れないのか？」

「触れるが、副支店長もその日は銀行にいなかった」

石堂たちの推理では、祐介の不在を狙って罪を着せたことになっている。それなら同じ日に銀行にいなかった松前は犯人候補から除外されるはずだ。

「それに、俺を犯人に仕立て上げたい奴が真犯人なら、副支店長は他の誰よりもその可能性は低いだろうな」

「副支店長だけは特別だって？」

「なんでそんな言い方しかできないんだ？」

石堂の不機嫌さが祐介にも伝染する。誰かと喧嘩どころか、言い争いさえ避けてきた祐介にとっては初めてのことだが、喧嘩腰で詰問した。

「お前が副支店長の肩を持つからだろ」

「肩を持ってるわけじゃない。事実として言ってるだけだ」

「人付き合いもできないくせに、誰が信用できるかなんてお前にわかるのか？」

石堂がどんな意味を込めてこんなことを言ったのかはわからない。その表情はさっきからずっと同じ怒ったような顔のままだ。だが、祐介が馬鹿にされたと感じたのは確かだ。

「俺には信頼できる人が誰もいないって？　そんなに俺を孤立無援にしたいのか？」

「そうじゃない」

石堂が苛立ったように否定する。

「なんでわからないんだよ」

「何が？　言いたいことがあるならはっきり言えよ」

祐介は立ち上がり、石堂に詰め寄った。身長は石堂のほうが五センチほど高いが、ほぼ目の高さは同じだ。

睨み合っていると、自然と顔が近くなっていた。この距離感は覚えがある。祐介がそう気付いた瞬間、石堂が一気に残りの距離を詰めてきた。

また唇を奪われた。いきなりなのは前回と同じでも、二度目になれば、祐介もされるがままではいない。石堂を押し返そうとしたが、それより早く抱きすくめられた。全身を石堂の大きな体で拘束され、思うように動けなくなる。

石堂のキスは前回以上に執拗《しつよう》だった。石堂の舌が祐介の口中を余すところなく蹂躙《じゅうりん》していく。どこが感じるのか、祐介の反応を確かめながら、石堂の舌は探っていった。

「ふ……はぁ……」

唇が少しずれる度、祐介の喘《あえ》ぎが漏れる。それに気をよくしたかのように、石堂はますます激しく祐介の唇を貪った。

強引に舌同士を絡み合わされ、背筋に痺れが走る。上顎を舌先で擦られ、体の中心から熱が広がる。自力では立っていられなくなり、気付けば石堂に縋《すが》り付いていた。

「え……?」

不意に体が浮き上がり、祐介は呆然《ぼうぜん》としながらも戸惑いの声を上げる。力をなくした祐介を石堂が横抱きにして抱え上げていると気付いたときには、もうソファに寝かされていた。

「お前には頭で理解させるより体に教えたほうが早い」

「何言って……」

疑問の言葉は再びキスに飲み込まれた。

石堂が体重を掛けて祐介を押さえ込んでいるせいで、自由に体が動かせないところに、熱いキスを仕掛けられる。頭の片隅では拒絶しなければと思っているのに、快感が祐介から力と理性を奪っていった。

キスの合間にTシャツをまさぐられ、素肌を剝《む》き出しにされる。そして、露《あら》わになった胸元にはすぐさま大きな手のひらが這《は》い回った。

「んっ……」

甘い吐息が零れ出たのは、胸の小さな尖《とが》りを指先で摘まれたせいだ。おまけに唇がちょうど解放されたときだったから、声を押し殺すことも間に合わなかった。

耳を疑いたくなるほど甘い響きは、明らかに祐介が感じていることを伝えていた。

キスで口中にも性感帯があるのだと教えられ、今また胸にも感じる場所があることを気付かされる。驚きと戸惑いが、ますます祐介を混乱させ、身動きを取れなくさせていた。

「……っ……」

祐介の首筋へと移動していた石堂の唇が、痛みを感じるほど強く肌を吸い上げる。思わず石堂の顔を見つめると、予想だにしないほど熱い視線で見つめ返され、祐介は言葉をなくした。

熱を帯びた視線など、小説の中の文字でしか目にしたことはない。それがどんなものなのか、現実に身を以て知ると、そのあまりの熱さに自らの体温まで上がっていくような気がした。

石堂は祐介を視線で捉えたまま、右手を下肢へと伸ばす。

ジーンズのボタンを外され、ファスナーを下ろされて、祐介はようやくその先が想像できた。

誰にも触らせたことのない場所に石堂が手を触れようとしているのだと、ここまでされれば経験のない祐介でもわかる。

「ちょっ……ちょっと待った」

祐介は焦った声を上げて、石堂の手首を押さえた。

「何を待てって？」

ほんの数分前までは苛立った様子だったのに、祐介の焦る態度が石堂に余裕を持たせたのか、今はいやらしい笑みを口元に浮かべている。

「だから……、何をするつもりだ？」

「そっちこそ、何を想像してる？」

「何って……」

祐介は言葉に詰まった。経験がないのもそうだが、いわゆる下ネタと言われる類《たぐい》の話をするような友人がいないことも、祐介を口ごもらせる原因となっていた。思えば、これまでセックスという言葉すら口にしたことがなかった。

「たとえば、こういうことか？」

石堂はそう言って、下着の中に手を差し込んできた。

「あっ……」

敏感な場所を大きな手のひらが直《じか》に包み込む。思わず祐介の口から声が零れ、慌てて手で口を押さえる。

「こんなふうに他人に触られたことなんてないだろ?」

問いかけながらも石堂は手を動かすことを止めない。だから、当たり前だと答えたいのに、中心をやわやわと揉みしだかれ、そのもどかしい刺激に腰を揺らめかすしかできなかった。下手に口を開いてしまうと、また甘く喘いでしまいそうだった。

「答えられないか?」

祐介の反応が楽しいのか、最初は険しかった石堂の表情が緩んでいる。理由のわからない怒りはすっかり治まったようだが、この行為を止める気配はなかった。

「はっ……あぁ……」

堪えきれず声が零れ出る。石堂が徐々に手の動きを強めてきたせいだ。気付かないうちにジーンズは下着ごと太股《ふともも》まで引き下ろされ、中心を露わにさせられている。しかも、煌々《こうこう》と室内を照らし出す照明のせいで、祐介の股間《こかん》は完全に石堂の視線に晒《さら》されていた。

羞恥から身を捩ろうとしたが、逆にその動きを利用され、足からジーンズと下着を抜き取られた。一瞬の早業だった。

「やめ……」

「無理だろ。お前だって、やめられちゃ困るんじゃないのか？」

揶揄するような言葉とともに、視線でも現実を思い知らされる。さっきからの愛撫《あいぶ》で祐介の中心は完全に勃《た》ち上がっていた。石堂はそこを見つめていた。

決して、石堂の手によって射精を促されたいわけではない。それに、そんな行為は人に見せるべきものではないと祐介は思っている。

けれど、祐介は動けなかった。大事な場所を握られていることから来る不安が、祐介の動きを固まらせていた。

それをいいことに、石堂は祐介の両膝を摑んで左右に開くと、その間に腰を下ろす。閉じることを許されない祐介の左足は、ソファの背もたれへと持ち上げられ、秘められる場所であるべき奥まで明らかにされてしまった。

石堂がどこを見ているのか確かめるのが怖くて、祐介は視線を逸らした。けれど、見なくてもわかるくらい、熱い視線を感じる。焼け付くような羞恥が祐介の全身を朱く染めていく。

「あ……」

再び中心に指を絡められ、祐介の屹立《きつりつ》は待ちわびていたように、ビクンと震えた。

石堂の手はさっきよりも激しく祐介を扱き始める。先端から零れだした先走りが、その動きをより滑らかにして、祐介を追い詰めていった。

「は……っ……あぁ……」

抑えきれない喘ぎが溢《あふ》れ出す。自慰ですら滅多にしないくらいだ。それだけ快感に不慣れな祐介には、ただ手で扱かれるだけでも激しすぎた。

限界が目前にまで迫っている。けれど、このまま石堂にいかされてしまうのは嫌だ。葛藤《かっとう》から祐介は自らへと手を伸ばす。人前での射精が避けられないのなら、せめて自分の手でしたかった。

「そんなに我慢できないのか？」

祐介の行動を誤解した石堂が、揶揄するように伸ばした手を掴んで阻止する。

「違っ……ん……」

根本を軽く締め付けられ、息が詰まる。

「けど、まだいかせない」

酷な宣言に、祐介は虚ろな瞳を向ける。ほんの数秒前まで、さんざん嬲《なぶ》っておきながらの台詞が信じられない。

「お前だけ気持ちよくなるのは狡《ずる》いだろ」

石堂はそう言うと、ソファに片膝をついて腰を上げた。何をするのかと祐介が見つめる先で、ゆっくりとパンツの前をくつろげ始めた。ベルトを引き抜き、ボタンを外し、そしてファスナーを下ろす。

それが何のためなのか。女性とすらセックスの経験がない祐介だが、さすがに想像くらいは

できた。けれど、自分の身に置き換えることを頭が拒否した。男でありながら、女性のように抱かれる立場になるとは、到底、受け入れられないからだ。

何故か既に猛った屹立を見せつけられ、祐介は視線を逸らす。他人の股間は自分のものとは違い、妙に生々しく感じたからだ。

「逃げないんだな」

石堂の言葉が、逃げればいいのだと祐介に教えてくれたが、既に遅かった。祐介が行動に移すより早く、あり得ない場所に濡《ぬ》れた感触が与えられる。そして、それは次の瞬間、祐介の中を犯した。

「くっ……う……」

押し入れられる圧迫感に顔が歪《ゆが》む。その正体を確かめるため視線を向けると、石堂の手が足の間に差し込まれているのが見えた。石堂は濡らした指を祐介の中へと押し込んだのだ。

「な……んで……」

「そりゃ、慣らすために決まってる。いきなり俺のをぶちこんでも、痛いだけで気持ちよくはなれないからな」

やはり祐介の想像したとおり、石堂は男同士でセックスをしようとしていた。

どうして、石堂とそんな真似をしなければならないのか。石堂がどうして急にそんな気になってしまったのか。

その理由を考えようとするのに、奥に埋め込まれた指が、祐介の思考と自由を完全に奪っていた。少し動かされただけで、みっともないくらいに体が跳ね上がる。こんな状況では冷静な判断などできるはずもなかった。

石堂の指は慎重で繊細な動きをしていた。それがはっきりとわかるのは、それだけ祐介の中が指を締め付けているからだ。全てを隙間なく包み込んでいるせいで、どんな些細《ささい》な動きでも、ダイレクトに伝わってくる。

「う……っ……くぅ……」

奥まで進もうとする指のせいで、祐介の口から呻《うめ》き声が押し出される。若干の引き攣《つ》るような痛みがあるものの、それを上回る圧迫感のせいで顔が歪む。

「苦しいか?」

気遣うような声に、祐介は言葉もなく頷く。石堂の顔はもう見ていなかった。苦しみから逃れようと目をきつく閉じていたせいだ。

「だったら、これはどうだ?」

問いかけの後、石堂の指がそれまで触れなかった場所を擦った。

「ひぁっ……」

思わず上ずった声が飛び出し、祐介も自身の反応に驚いて目を開ける。ほんの数秒前まで圧迫感と痛みしかなかったのに、一気に中心が熱くなるような感覚に襲われたのだ。

「ここが前立腺だ。聞いたことはあるだろ？」

問いかけながらも石堂はきっと祐介の返事など期待していないに違いない。中で小刻みに動く指が、祐介の言葉を完全に封じていた。それがわかっていて、石堂は指を動かすことをやめないのだ。

「あっ……はぁ……っ……」

声は出せる。だが、言葉にはならなかった。口から出るのは喘ぎと嬌声《きょうせい》。前立腺を直接触られるという強烈な刺激は、理性も我慢も羞恥心でさえも、祐介から奪い去る。

指が二本に増やされたのはわかったが、既に祐介の中心は限界にまで張り詰めていて、達することしか考えられなくなっていた。

「そろそろいいか」

問いかけではなく、独り言を呟いた石堂が、中の指をそのままにして、空いた手で上着のポケットを探っている。祐介はその様子をずっと霞《かす》んだ視界に収めていた。

石堂が小さな袋を取り出す。それが何かわかったのは、屹立に被せる仕草を見たときだ。祐介がこれまで一度も必要としなかった、実際に見たことのなかったコンドームが、自分のために使われようとしている。

準備を終えた石堂が、改めて祐介の足の間に腰を進める。そして、指を引き抜きざま、代わりに固い凶器を押し当てた。

「いっ……あぁ……」

押し入ってくる大きさに、悲鳴が押し出される。息が止まりそうな圧迫感は痛みさえ覚える。祐介の顔は自然と歪んだ。

「さすがに、キツイな」

なかなか先に進めない狭さに、石堂も顔を顰めている。

「ほら、息を吐いて、力を抜けよ」

「無……理……、できな……」

切れ切れになりながらも祐介は現状を伝える。自分の体をコントロールできるくらいなら、そもそもこんな状況にはなっていない。

「だったら」

祐介に任せるのは無理だと判断した石堂が、屹立に指を絡めてきた。

「はぁ……」

忘れていた刺激を受け、再び祐介は快楽の中へと引き戻される。後ろに屹立が押し入っていることはわかっていても、動きがなければ、やがて馴染んでくる。それよりも直接的に擦られるほうが祐介をより翻弄《ほんろう》した。

「や……あぁ……もう……」

一度は萎《な》えかけた中心も、さっき以上の固さを取り戻す。今度こそいきたい。祐介は堪えきれず、石堂の手の上から自らの屹立に手を重ねた。

「我慢できないのか?」

石堂の問いかけは思いがけず優しく響く。余裕のない祐介には、それが救いに聞こえた。祐介は言葉もなく、そうだと何度も頷いた。

「わかった。もう少し頑張れ。最高の快感でいかせてやる」

宣言とともに石堂がぐっと腰を押しつけてきた。

「ああっ……」

最奥を突かれ、祐介は悲鳴を上げる。けれど、けっして痛みからではなかった。

知らぬ間に馴染まされた後孔が、擦られるだけで感じるほどの性感帯へと変わっていた。石堂が腰を使うことで、固い屹立に肉壁を擦られ、経験したことのない快感が全身を駆け巡る。

「あ……っ……もう……早くっ……」

祐介は達することしか考えられず、自分がどれだけ淫《みだ》らな姿を晒しているかなど気に留める余裕はどこにもなかった。

そんな祐介の痴態に煽《あお》られたのか、石堂は自らも限界が来たかのように眉根を寄せ、切なげな表情で、力強く祐介を突き上げた。

「うっ……」

最後の瞬間はもう低く呻くしかできなかった。熱い迸《ほとばし》りは受け止めていた祐介の手から溢れこぼれ落ち、股間まで濡らす。

だが、祐介の記憶はここで途切れた。祐介は射精の解放感から気が抜けて、考えることを放棄するように意識を手放した。

「二ノ宮《にのみや》くん」

呼びかける声が聞こえてくる。それを祐介《ゆうすけ》はどこか夢現《ゆめうつつ》な状態で聞いていた。

「二ノ宮くん、もう十時だよ」

具体的な数字が、祐介を現実へと引き戻す。だが、まだ完全には頭が覚め切らず、ただぼんやりと目を開けた。

「大丈夫？　どこか体の具合でも悪い？」

横になったままの祐介を心配したように、ソファのそばに立っていた富野《とみの》が背を丸め、顔を覗《のぞ》き込んで尋ねてくる。

「あ、すみませ……」

そう言いながら慌てて起き上がろうとした祐介は、腰に鈍い痛みを感じ、思わず顔を顰《しか》めた。

「どうかした？」

「いえ、なんでもありません」

祐介は一瞬の間も置かずに即答する。それだけ後ろめたい証拠だ。

富野の仕事場で何をしたのか。昨夜のことははっきりと覚えている。目が覚めて一瞬で思い出した。嫌でも体に感覚が残っていて、忘れさせてはくれなかった。

ただあの後のことは全く記憶にない。それでも、衣服が元通りになっていて、少なくとも見た目では、富野が気付くようなおかしなところはないらしい。どうやら石堂《いしどう》が後始末をしたようだ。

「新家《あらや》くんがね、朝食の出前に来たんだけど、ノックをしても誰も出てこないって、僕に電話をくれたんだ」

「そうだったんですか」

新しい依頼を受けていない状態なら、富野が朝から事務所に顔を出す必要はない。それを祐介が不思議に思う前に、事情を説明された。

「寝てるだけなら、下手に事務所に電話をすると起こしちゃうでしょう?」

だから、直接、足を運んでみたのだという富野に、祐介は謝るしかない。

「すみません。いろいろ気を遣わせて……」

頭を下げた後、祐介は顔にかかった髪を気怠《けだる》げに搔《か》き上げる。何をするにも動作が鈍くなる。腰の痛みだけでなく、全身に倦怠感《けんたいかん》があった。

「それ、キスマークだよね」

富野がまっすぐに祐介の首筋を見つめて指摘する。咄嗟《とっさ》に石堂の唇の感触を思い出し、祐介は手でその場所を押さえた。

「すぐにわかるほどはっきりと覚えがあるんだ?」

「そ、それは……」

するどい指摘に祐介はたじろぐ。

「まさかと思うけど、相手は石堂くん?」

尋ねながらも、富野はほぼ確信を持っているようだ。人付き合いのない祐介が、他人をこの事務所に引き入れるとは思えないから、消去法で残るのは石堂だけということだろう。

答えられない祐介を見て、富野が深い溜息《ためいき》を吐く。

「君の性格からして合意とは考えづらいんだけど」

「合意ではないんですが……」

祐介は答えに迷う。望んだ行為ではなかったが、抵抗らしい抵抗はしなかった。体格差はあっても、祐介が本気で抵抗すれば、石堂を押し返す自信はある。それでも、できなかったのだ。

「素直に認めちゃうんだ」

富野がそう言って呆《あき》れたように笑う。

「関係を持ったことは事実ですから」

「普通は隠すよ。たとえ、バレバレだったとしてもね」

「そうなんですか?」

これまで『普通』な人付き合いをしてこなかった祐介には、こんなときに周りがどう受け答えするものなのかがわからなかった。富野に聞かれたから答えただけなのに、どうやらそれが人とは違っているらしい。

「一般的には性生活は人に知られたくないものだし、男同士ならなおさらだよ。世間には認められにくい関係だからね」

「これからは気をつけます」

富野は善意で注意してくれている。それがわかったから祐介は素直に忠告を聞き入れることができた。

「話を戻すけど、合意じゃないけど無理矢理でもないなら、流されたってところ?」

その言い方が的確かどうかわからないが、他に適当な言葉が思い浮かばず、祐介は黙って頷《うなず》いた。

「二ノ宮くん、童貞でしょう?」

唐突な質問に、祐介は一瞬、言葉を詰まらせた。

「これも普通は答えないものですか?」

「普通は隠したいものだけど、今は正直に答えて」

「童貞です」

祐介が正直に答えると、富野はやっぱりと頷いた。

「だから、二ノ宮くんは流されちゃったのかもしれないけど、わからないのは石堂くんだよ。ゲイでもないのに……」

富野は憮然《ぶぜん》とした顔で理解できないと首を傾げる。それに関しては祐介も答えようがない。

だが、一つだけ確認しておきたいことがあった。

「あいつが野間《のま》さんを好きだったってことはありませんか？」

一度は新家によって払拭《ふっしょく》された疑問だが、石堂の行為でまた甦《よみがえ》った。富野の台詞《せりふ》ではないが、そうでなければ、祐介を抱いた理由がわからないのだ。

「野間さんね」

呟《つぶや》いて富野が小さく笑う。

「まだ父親とは認められない？」

「実感が湧《わ》かないんですよ」

だから、つい他人のような呼び方しかできない。祐介は苦笑いを浮かべる。

「そっか。時間がかかって当然か」

富野も無理に呼び方を変えるようにとは言わず、

「それより、石堂くんと野間さんのことだったね」

中断した話を再開する。

「二人の関係を言い表すのに、一番しっくりくるのは、親子、かな」

富野が言葉を探しながら、祐介の質問に答えてくれる。

「君を前にしてなんだけど、石堂くんは野間さんのことを父親のように慕ってた。彼自身、早くにご両親を亡くされてるから、野間さんに父親の面影を求めてたんじゃないかな」

石堂にも親がいないことは新家から聞いていた。それに父親のように慕っていたという話も聞いた。誰もが口を揃えて言うのなら、それで間違いないのだろう。

「それじゃ、本当の息子かもしれない俺が目障りだったとか？」

「嫌がらせで男は抱けないでしょう」

ありえないと富野は祐介の疑問を笑い飛ばす。

「少なくとも俺は無理だね。ゲイだけど」

話の流れとはいえ、富野は衝撃的な台詞をあっさりと口にした。

「ゲイ、なんですか？」

「言ってなかったっけ？　隠してないから、みんな知ってるよ。石堂くんもね。だからかな、彼が男同士に抵抗がなかったのも」

「それは俺にはなんとも……」

意見を求められても、当事者である祐介には何とも言えない。祐介は曖昧《あいまい》な笑みを浮かべるしかできなかった。

「でも、二ノ宮くんもさ、あまりショックを受けてる感じはないね」

富野が改めて祐介を見て、率直な感想を口にする。言われるまでもなく、祐介自身もそう思っていた。自分でも驚くほどに、男とセックスをしたことに対するショックはなかった。無理矢理犯されたわけではないことと、女性との経験がなかったことも理由にあるのかもしれない。

祐介にはセックスとはどんなものだという固定観念がそもそもなかった。

「この数日でいろんなことが立て続けに起きてるせいか、一つ一つに対する衝撃が薄れるみたいです」

だが、さすがに正直な気持ちは伝えづらくて、別の理由で誤魔化した。

「そういうこともあるのかもね」

とりあえずは納得したように富野が頷いた。

知り合って間もないし、探偵として働いているところを直接、見たこともない。けれど、富野が相手の口を開きやすくさせる何かを持っていることは確かだ。現に祐介も他の人間には話さないようなことでも話してしまっている。富野のこの穏やかそうな外見も影響しているのだろうか。

「失礼なことを聞いてもいいですか?」

富野を見ていて、祐介はふと別の可能性を思いついてしまった。

「もしかして、次は俺と野間さんの関係を疑ってる?」

察しのいい富野が含み笑いで問い返してくる。

「すみません」

「まあ、ゲイだって聞いた後じゃ、気になるのも当然だよね。でも、安心して。俺にとって野間さんは尊敬できる上司であっても、恋愛対象にはならないから」

富野は気を悪くしたふうな様子は微塵《みじん》も見せず、むしろ、ようやく野間について話すことができるといったふうだ。

「野間さんがいなければ、俺は探偵になろうとは思わなかったし、ゲイだってことも隠しとおして生きてただろうね」

「そんな影響力が？」

「野間さん本人があれしろこれしろって言うわけじゃないんだけど、なんだか、野間さんの前に出ると、みんな、いつも以上に頑張っちゃうんだよ。褒められたい子供みたいにね。そういう意味では影響力絶大かな」

大げさに言っているのかと思ったが、富野の笑顔からは誇張は感じられなかった。富野を思い出しているのか、懐かしそうな表情があった。

祐介にとっては冷たい男でしかなかったから、こんな話を聞かされる度、本当に同一人物かと疑ってしまいそうになる。

「うじうじ悩んでるところは見せたくないから、強がってカミングアウトしてみたら、なんだかすっきりしちゃったし、野間さんに認めてもらいたくて頑張ってたら、いつの間にか片腕と言われるまでになってたしね」

「それでも恋愛対象にならないんですよね?」

「俺、年上って駄目なんだ。ちなみに二ノ宮くんみたいな美形も好みじゃない。どちらかというと、野暮ったいくらいのほうが好きなんだよね」

「あ、はあ、そうなんですか」

なんと答えていいかわからず、祐介は間の抜けた相槌《あいづち》を返す。しかし、そうなると、顔が濃くて熱血タイプの石堂も対象外ということになる。咄嗟にそんなことを考えてしまうのは、まだ体中に石堂の感触が残っているからだろう。

「ところで、そもそも、昨夜、石堂くんはどうしてここに来たの?」

「ああ、それなんですけど……」

祐介はきっかけになった松前《まつまえ》の電話の一件を富野に話した。

「その副支店長は信用できる人?」

「数回、食事をしただけですから、個人的なことは知りませんが、仕事はできる人です」

「つまり、横領なんて馬鹿な真似はしないってこと?」

「多分」

断言できるほどの根拠はないから、祐介も断定はできなかった。

「じゃあ、銀行内部の情報っていうか、上層部の意向は副支店長から聞き出すとして、例の怪しい人物の話をしようか」

「もう聞いてきてくれたんですか？」

祐介は驚きを隠せなかった。富野からその話を聞いたのは、昨日の昼過ぎのことだ。それから再度、聞き込みに向かったとしても、僅《わず》か数時間で成果を得たことになる。小さな個人事務所なのに、仕事が途切れず続けてこられたのは、この仕事の速さが理由にあるのかもしれないと思った。

「栗原《くりはら》さんによると、怪しいのは融資課長の芹沢《せりざわ》だって」

「芹沢課長？」

同じ言葉を繰り返したものの、言われてみると、腑《ふ》に落ちることがいくつかある。芹沢は祐介の直属の上司だから、当然、祐介の仕事内容は全て把握しているし、パソコンにも自由に触れる。条件が揃っている上に、支店長に対して迅速で厳しい処分を求めていたのも芹沢だ。後ろめたいことがあるからこその態度だったのだろうか。

「栗原さんはどうして、芹沢課長を怪しいと思ってるんですか？」

栗原は融資課ではない。接点は祐介より遥かに少ないはずなのに、どうして、芹沢に目を付けたのかが謎だった。

「芹沢課長の奥さんも元銀行員で、栗原さんと同期なんだって。奥さんが勤めてた頃は親しくしてたから、その浪費癖を知ってた」

「浪費癖？　課長はそのせいで金が必要になったってことですか？」

「そこはまだ未確認なんだけど、怪しむのにはもっと大きな理由があるんだ」

富野がもったいつけるように、一旦、言葉を途切れさせた。祐介は息をのんで、その先を聞こうと耳を澄ませる。

「横領に気づいたのが芹沢課長だったそうだよ。栗原さんはそのことを融資課の子に聞いたんだって。課長の立場なら黙って上に報告しそうなものなのに、その場で犯人として君の名前を出した。一応、誰にも言うなと周りに口止めはしたそうだけど。彼女はそこに違和感を感じたみたいだね」

おかしな行動に金銭的事情が加われば、栗原が疑うのも無理はなかった。それに、芹沢なら祐介の名前を使って、偽の書類を作り上げることも可能だと栗原も思ったのだろう。

「富野さん、もう少し調査をお願いしていいですか？」

「芹沢課長が本当に借金をしているのか、していたとしたら、その額や返済状況などを調べればいい？」

富野に詳しい説明はいらない。皆まで言わなくてもわかってくれた。素人の祐介には、富野が言ったようなことを調べる手段がない。それでも、芹沢が犯人なのかどうなのか、できることは何でもしておきたかった。

「よろしくお願いします」

「わかった、任せて」

頭を下げた祐介に、勝算があるのか、富野は力強く請け負った。

「それで、二ノ宮くんはどうする？　まだ石堂くんからお母さんの元同僚についての報告は受けてないんでしょう？　待ってるだけは暇だよね」

「副支店長に会ってみようかと思ってます」

「芹沢課長のことを聞くの？」

「そのつもりです」

その答えを聞いて、富野が複雑な表情を見せる。

「何かまずいことがありますか？」

「副支店長が芹沢課長と通じてたらどうする？　共犯とまではいかなくても、仲がよければ、君からこんな話をされたとか、こんなことを聞かれたとか、課長に教えるかもしれないでしょう？　そうすると、先回りして証拠を消されるかもしれない」

考えてもいなかった可能性を指摘され、祐介は言葉に詰まる。

「気付かれないように、さりげなく話を聞き出すなんてこと、君にできる？」

富野は馬鹿にしているのではなく、単純に心配してくれているだけだ。探偵でないのはもちろんだが、それ以前に他人とのコミュニケーションがまともに取れない祐介が、上手く会話をコントロールするのは無理だと富野が考えただろうことは容易に推測できる。

「できないかもしれません。でも、自分でやってみたいんです」

何もかも他人に任せっぱなしにしたくない。それに松前のことなら、富野たちより祐介のほうがよく知っているはずだ。全くの他人を相手にするわけではない。それが祐介に少しの自信を持たせていた。

「そう思うのなら、やってみればいいよ」

何を思いついたのか、富野が数秒前の意見を翻《ひるがえ》す。

「いいんですか？」

「ただし、途中で無理だと思ったら、ただの聞き役に徹すること。下手に聞き出そうとすると、勘ぐられるからね」

「わかりました。でも、それじゃ、何も進展しないんじゃ……」

せっかく会っても無意味になるならやるだけ無駄だ。ただ話を聞くだけのことにどんな意味があるのか。祐介は首を傾げる。

「人ってね、隠そうとしても、感情が顔に出るものなんだよ。だから、話しているときの表情や態度で、君をどう思ってるのかがわかる」

「俺にはわかりませんけど……」

「君はちゃんと見てないから。関わり合いたくないから、見ないようにしてるでしょう？」

図星を突かれて、祐介は苦笑いを浮かべるしかない。

「でも、そんな君だから、相手もあまり感情を隠そうとしてないと思うんだ。見てない相手を気にする必要はないからね」

富野の話はなるほどと感心させられることばかりだ。こんなことが当たり前にできるのが探偵なのかと、祐介は他人事《ひとごと》のように聞き入っていた。

「だから、君が副支店長に会って話をしてるところを、隠れて見てることにしようか。二ノ宮くんだけだと、相手の態度がどうだとか、判断できないだろうから」

「でも、富野さんは調査が……」

「そうだね。臨時アルバイトを雇おう」

富野は何か当てがありそうな態度だ。もしかしたら、こんな小さな事務所でも、これまでに人手が足りなくなったことがあって、アルバイトを雇ったりしていたのかもしれない。

「新家くんなら、君の顔も知ってるし、適任かな」

「新家って、あの喫茶店の？」

「そう。彼、若いけど苦労人だから、人の顔色を読むのは得意だよ。うちの仕事も何度となく手伝ってもらってるし」

そう言われて、祐介は新家の顔を思い浮かべる。二度しか会ったことはないが、常に明るい笑顔を見せてくれていた。とても苦労の影は感じられない。

「苦労人なんですか？」

「大学の学費も生活費も、全部、自分の稼ぎで賄ってるからね」

だから、新家がバイトしている喫茶店のオーナーは、彼を何かと気にかけて、優遇しているのだという。他に待遇のいいバイトがあれば、そちらを優先するようにとまで言っているらしい。それを聞いた野間が、手伝いを頼むようになったということだった。

「君は副支店長に連絡を取って、会う約束を取り付けてくれる？」

「やってみます」

せめてそれくらいは祐介の仕事だ。自分のために周りがここまでしてくれているのに、ただ結果を待つだけではいられない。

「それじゃ、時間と場所が決まったら教えて。周りから見えるような場所にするのは忘れないように」

最後に念を押され、祐介は大丈夫だと頷いた。


祐介が松前と会う約束を取り付けたのは、その数時間後だった。

難しい作業ではなかった。会おうと言い出したのは松前で、時刻も午後八時なら大丈夫だと向こうから指定してきた。ただ場所だけは祐介が指定した。松前が決めると、また高そうな店にされ、下手をすれば個室ということになりかねない。それでは計画が台無しになる。だから、富野に教えてもらったレストランにした。

約束の時刻までは六時間以上もある。ただ待つだけで落ち着かないでいる祐介に、富野が買い物に行くことを勧めてくれた。祐介の今の服装は、事務所で仮の生活をするため用に買ったシャツとジーンズで、上司に会う姿ではないからというのもある。だが、それなら自宅に取りに戻ればいいだけだ。富野の提案は、時間のあるこの機会に、人との接触を増やしてみることだった。

夜に松前と会うときには、新家が様子を窺《うかが》ってくれることになっている。だが、祐介自身の目でも確かめてみたくはないのか。富野にそう言われている気がして、たった数時間で何か変わるとも思えないが、何もしないよりはいいはずだと、富野の提案に従うことにした。

あえて人の多い場所をと新宿《しんじゅく》に足を運んだのもあって、生まれて初めてのウィンドウショッピングが思いの外、時間がかかった。やたらと話しかけてくるショップ店員に辟易しながらも、人間観察のためだと、愛想笑いを貼りつかせて話に付き合ったせいもある。おかげで、両手一杯の荷物とともに、事務所に戻ったときには午後七時前になっていた。

それから祐介は新たなスーツに身を包み、松前との待ち合わせ場所に向かった。新家とは別行動だ。新家がどこから松前の様子を探るのかも教えられなかった。知っているとその方角を気にしてしまうからという、富野の配慮だ。店に着いてから、さりげなく周囲を見回したが、まだ来ていないのか、新家の姿は見つけられなかった。

「おまたせ」

祐介が一人で座る窓際のテーブルに、店員に案内された松前が颯爽《さっそう》と現れた。

「お忙しいところをわざわざすみません」

祐介は席を立ち、松前に頭を下げる。副支店長ともなれば、付き合いも多いはずだ。土曜日とはいえ休みとは限らない。予定を狂わせたのではないかと申し訳なく思い、自然と頭が下がったのだ。

「いやいや、君の顔を見たかったからね」

松前はそう言ってから、祐介に座るよう促した。二人はテーブルを挟んで向かい合う形で腰を下ろす。

「元気そうで安心したよ」

「ご心配をおかけしました」

何も悪いことはしていないのだが、騒動の渦中にいるのは確かで、祐介はまた頭を下げる。

それから、料理を頼み終えるまでは、銀行の話はしなかった。当たり障りのない天気の話で場を繋《つな》いだ。やはり人の耳に触れさせたい話題ではないからだ。

「今、行内はどうなってますか？」

祐介は店員が立ち去るのを待ちかねて、自ら問いかけた。噂《うわさ》が広まっていることは富野から聞いて知っているが、内部の人間から見た状況を知りたかった。

「雰囲気は最悪だね。箝口令《かんこうれい》が敷かれたから、皆、横領に関しては口にしないようにしているんだが、そのせいで全体的に口数が少なくなってる。異常に気を遣いながら会話をしなければいけないから、息苦しくて仕方ないよ」

松前は嘆かわしいとばかりに、顔を顰めて軽く肩を竦める。

「自宅待機も二日目か。暇じゃないかい？」

「そうですね。何もすることがないと、マイナス思考になって、転職サイトばかり見てました」

予想できていた質問だから、あらかじめ考えていた答えを口にする。まさか、探偵事務所にいるとは言えるはずもない。

「やはり転職を考えているんだね」

「そのほうが楽じゃないかと思って……」

これも考えた答えだ。どうすれば、より松前から情報を引き出せるかを富野と一緒に考えた。結果、同情を引く作戦を選んだというわけだ。

「その考えは否定できないが、早まらないほうがいい」

松前は険しい顔で祐介の言葉に首を横に振った。その表情には真剣さが感じられ、本気で祐介を引き留めようとしているふうに思える。

「ですが、そろそろ私の処分が出るんじゃないですか？　辞表を出すならそれより早いほうがいいと思うんですが」

「いや、君の処分はない」

松前がきっぱりと断言した。

「どういうことですか？」

「今の待機はただの時間稼ぎだ。支店長たちは君が辞職願を出してくるのを待っているだけなんだよ」

「懲戒免職にしてしまうと退職金が出せないからですか？」

昨日の松前の電話を思い出し、祐介はそう尋ねた。その質問が松前には意外だったのか、ほんの僅か驚いたような顔を見せた後、苦笑いを浮かべる。

「それもないとは言わないが、やはり一番は大ごとにしないためだよ。たった三百万で銀行にとっては不名誉な事件を広めたくはない」

上層部の思考は祐介には理解できないが、松前が言うのだから、確かだろう。つまり、祐介が辞表を出せば、事件は丸く収まるということだ。

「二ノ宮くん」

松前が身を乗り出し、たまたま水を飲もうとテーブルに出していた祐介の右手を摑《つか》んだ。両手でしっかりと握られ、手を引くことができない。

「私は君の味方だから」

「あ、ありがとうございます」

スキンシップに不慣れだから、たかが手を握られただけでも、対応に困る。自然に振り払う方法など知るはずもなかった。

「君がどうしても転職したいというのなら、転職先を紹介することもできる。だから、焦らないでもう少し待ってほしい」

「待つんですか?」

「君に不利にならないよう、私がなんとかするから」

「わかりました」

祐介が頷くのとほぼ同時に、最初の料理が運ばれてきて、松前はすっと手を引いた。それがなければ、ずっとこのままだったかもしれないと思わせるほど、松前の両手は固く祐介の手を握りしめていた。

松前の体温が遠のいたことにホッとして、それからは意図的に横領の話を避けて食事に集中した。松前の反応を見るのは、もう充分だろう。これ以上、一緒にいると、またさっきみたいな状況になりかねない。

食事が終わり、一緒に店を出たところで、松前が足を止める。

「飲み足りないな。もう一軒、付き合わないかい?」

誘いの言葉はごく自然だった。松前はグラスビールを二杯飲んでいただけだから、飲み足りないと思っても不思議はない。だが、祐介は一滴もアルコールを口にしていないし、元々、ほとんど飲まないから、そんな気にはなれなかった。

「すみません。これでも自宅待機の身なので、これ以上、出歩くのはまずいかなと……」

「確かにそうだったね」

松前があっさりと引き下がったのは、やはり支店トップ2の立場があるからだろう。あからさまに支店長命令を破らせるわけにはいかないと考え直したようだ。

だが、その代わりというのか、松前は祐介と向かい合うと、その腕を摑んで動きを封じる。もちろん、振り払おうとすればできるのだが、松前の立場や自分の状況を考えるとそれもできず、されるがままで相手の出方を見るしかなかった。

「近いうちに必ず連絡するから」

松前はその言葉の後、約束の証だと言わんばかりに、軽く祐介を抱き締めてきた。ここが海外なら珍しくない行為なのかもしれないが、往来での抱擁は祐介にとって予想外であり得ないことだったために、体を硬直させるだけで、全く抵抗できなかった。

時間にすればほんの数秒だっただろう。松前はすぐに自然な動作で祐介を解放すると、走ってきたタクシーを手を上げて呼び止めた。

「それじゃ、また」

「今日はわざわざありがとうございました」

店の前でタクシーに乗り込む松前を見送り、走り去るのを確認してから、祐介は踵《きびす》を返した。

新家がまだ店内にいるはずだ。松前の反応がどう見えたのか、早く知りたかった。

「石堂……」

振り返った瞬間、目の前に現れたのは石堂だった。

石堂とセックスをしてからまだ丸一日と経っていない。いずれ顔を合わせることはわかっていたが、こんなに早いとは思わなかった。どんな顔をすればいいのかわからず、祐介は不自然に視線を逸らす。

「新家が予定つかないって言うんで、俺が代わりに来た」

どうしてと祐介が問いかける前に、石堂がここにいる理由を説明する。顔は見ていなかったが、その声音が険しい気がして祐介は視線を戻した。

「……お前の後ろの席に座って、ちゃんと観察してやったぞ」

仏頂面で答える石堂が、何故か祐介から視線を逸らす。祐介は全く気付いていなかったのだが、どうやら祐介の背中越しに松前を見ていたようだ。

「お前、仕事は？」

視線が合わないなら、まだ話しやすい。昨日、新家は石堂が聞き込みの最中らしいところを目撃したと聞かされていた。何か事件が起きたのなら、昨日の今日ですぐに解決するとは思え

ず、こんなところにいていいのかが気になった。

「世間は誤解しすぎなんだよ。事件が起きれば、俺たち刑事は二十四時間不眠不休で働いてるとでも思ってんのか？　一日二日で終わるならまだしも、長丁場になれば体が保《も》つかっての」

日頃の鬱憤《うっぷん》でも溜まっているのか、石堂は愚痴めいたことを零す。確かに、祐介もそれに近いことは思っていたから、否定はできなかった。だが、今の言い分からすると、事件中だが今日の仕事は終わっているということなのだろうか。

「とりあえず、車に乗れよ。詳しい話はそれからだ」

石堂は依然として険しい顔で祐介とは目線を合わせないまま、店の駐車場に停めてあった車に向かって歩き出した。

石堂の不機嫌の理由はわからないし、こんな状態の男と同じ車に乗るのは気が重いのだが、松前の評価を聞きたい気持ちが勝った。

四日連続、同じ車の助手席に乗り込むと、石堂はすぐに車を走らせた。

「あの副支店長、別の意味で完全に危ない奴じゃないか」

むすっとした口調で言われ、祐介は松前のどこにそんな引っかかるところがあったのかと、記憶を辿《たど》る。

「別の意味って、また何か罪を着せるつもりとか……」

「本気で言ってんのか？　お前を狙ってるってことだ」

「狙う？」

ますます意味がわからず、祐介は眉根を寄せて考える。

「昨夜のこと、まさか忘れた訳じゃないだろ」

石堂が一瞬だけ祐介に顔を向け、運転中のためすぐにまた視線を前に戻す。その僅かの間に垣間見た石堂の表情は真剣そのものだった。

昨夜のこと……。もちろん忘れるはずはない。忘れたふりをしているわけでもなく、ただ口に出さないようにしているだけだ。石堂がどうしてあんなことをしたのか確かめたい気持ちはある。だが、それをどんなふうに尋ねればいいのか、その方法がわからなかった。

「……本当にそんな意味で俺を？」

祐介は信じ切れずに、確認を求める。

松前が自分を狙っているなどとは、想像すらしたことはない。やたらと祐介に声を掛けてくる理由も、上司として気に掛けてくれているとしか思っていなかった。だが、それらに下心があったのだとすれば、過去の松前の行動の意味も違ってくる。

「俺じゃなくても、他の奴らだってすぐに気付いただろうさ。そうじゃなきゃ、誰が男の手をあんなにしっかり握ったりするよ。おまけに最後のあれはなんだ？」

吐き捨てるように言った石堂に、さすがに祐介も同意せざるを得ない。あの行動は確かにおかしいと思っていたが、誰の目から見ても不自然だったようだ。

「お前は性格に問題ありすぎだが、顔だけはいいわけだし、おかしな気を起こす奴がいてもおかしくない」

褒められていないどころか、顔だけとまで言われて、祐介も反発を覚える。

「お前みたいにか?」

思い切り嫌みを込めて問いかけると、石堂は一瞬、息を呑むのがわかった。祐介の反発を予想していなかったというより、祐介の言葉の意味を理解するのに時間がかかったように思えた。

「俺とあいつを一緒にするのか?」

「違うのか?」

「全然、違うだろ」

「何が?」

松前の狙いが祐介と関係を持つことにあるのなら、結果として石堂と同じになるのではないのか。何がどう違うのかと、真剣に問いかける祐介に、石堂は言葉に詰まる。

「……とにかく、お前はもうあの男には近づくな」

「命令される覚えはない」

いくら捜査のプロの刑事だからといって、ここまで上から目線で偉そうにものを言われ続けられる覚えはない。祐介は冷たく石堂の命令を拒絶した。

「お前には他にすることがあるはずだ」

石堂はめげた様子もなく、右手でハンドルを握ったまま、左手で小さなメモを差し出してきた。

「母親の同僚がわかった。まだ『サカタ』で働いている。行って話を聞いてこい」

依然として偉そうな態度のまま、石堂は次の行動を指示した。メモに記されているのは、宮《みや》下恭子《したきょうこ》という名前と携帯電話の番号だ。

「俺は今、こんなことをしてる場合じゃない」

少しずつだが、横領に関して情報が集まりつつあるというのに、意味のない父親確認作業などしている場合ではないと、祐介は伝えた。

「だからって、お前に何ができる？　スケベ親爺の機嫌をとることか？」

あからさまな嫌みで返され、祐介は生まれて初めて本気の怒りを感じた。感情の起伏がほとんどないため、怒りが過ぎると体が熱くなるのだと初めて知った。

だが、石堂の言うとおりだ。祐介に銀行関係者から話を聞き込むことはできないし、富野のように借金があるかどうかなど調べる方法も知らない。

「この人に話を聞けばいいんだな」

怒りを抑えた低い声で言うと、石堂がそうだと頷く。

「それじゃ、話はもう終わりだな。俺はここで降りる」

ちょうど赤信号で車が停まっていたときだった。祐介はその隙《すき》にドアを開け、車道へと降り立った。といっても、歩道はすぐ隣で、危険はない。

「おい」

背後で聞こえる石堂の声に、祐介は振り向きもせずに後ろ手にドアを閉めると、そのまま早足で歩道に上がった。

事務所に向かっていたらしく、車の進行方向にまっすぐ向かえば事務所に着ける。どうやら石堂は事務所に送ろうとしていたようだ。このまま行くと、石堂が追いかけてくるかもしれない。だが、きっと富野が待っているはずだから、行かないという選択肢はなかった。

信号が変わり、石堂の車が走り出す。見えなくなるのを待ってから、祐介は走ってきたタクシーを捕まえた。

「二ノ宮さん?」

事務所の前でタクシーを降りた瞬間、歩いてきた新家に声を掛けられる。

「今、帰りですか?」

ここに帰ってくると言われるのもおかしな気分なのだが、否定すると話が長くなりそうで、祐介は苦笑いで頷く。

「君は今からバイト……?」

シャツにデニムという姿は出前時と同じだが、違うのはエプロンがないことだ。だから、仕事中ではないのだと判断した。

「今、終わったところです。今日は暇な日なんで、片付けもすぐに終わっちゃいました」

「暇な日なんてあるのか？」

「そりゃ、ありますよ。この辺り、小さな事務所が多いじゃないですか。だから、平日はいいんですけど、土日になると休みでしょう？」

「そのことを石堂も知ってる？」

ふと祐介の頭に疑問が浮かび、それを確かめるための質問を口にする。

「常連さんですからね。今日は空いてていいなぁとか、よく言ってますよ」

「もし、今日臨時のアルバイトを頼まれてたら、引き受けてた？」

「もちろん」

新家は一瞬たりとも迷わずに即答した。

「暇でも顔を出してればバイト代はもらえるんですけど、やっぱ気が引けるし」

新家はちゃんと喫茶店のオーナーの気遣いをわかっていて、気にしている。そのことを祐介よりも新家との付き合いの長い石堂が知らないとは思えない。それなのに、どうして、黙っていたのだろうか。

「富野さん、事務所にいますよ。下を通ったら電気がついてたから」

石堂の不可解な行動の理由を知りたい。そんな思いが顔に出ていたのか、新家が事務所のあるビルを見ながら教えてくれた。

「ありがとう」

祐介は礼を言って新家と別れ、事務所に急いだ。

「おかえり。どうだった？」

笑顔の富野が、祐介が戻ってくることを当たり前に受け入れてくれる。これも不思議な感覚だ。銀行でも仕事先から戻ったときには出迎えられた。けれども、こんなふうに温かみを感じたことは一度もない。

「新家くんからの報告はまだなんだけど……」

「来たのは石堂でしたよ」

「石堂くん？　彼には新家くんへの伝言を頼んだだけなんだけどな」

富野が不思議そうに首を傾げる。

富野が言うには、祐介と別れた後、新家に電話をかけたのだが繋《つな》がらず、それで、その後、やってきた石堂に事情を話すと、自分が伝えておくと言ったらしい。

「それ、伝えなかったみたいです。さっき、そこで新家くんに会いました」

「暇だったからってわけじゃなさそうだ。彼、よっぽど君のことが気になるみたいだね」

祐介と石堂の間に何があったのか知っているからこそ、富野は微妙な表情で答える。祐介が気にしていない態度を取る以上、富野もそのことには触れないようにしているのだろう。

「石堂くんから話を聞いた？」

「副支店長は俺のことを狙ってるから、親切にしてるんだそうですよ」

まだ納得できていないながらも、祐介は聞いたままを伝えた。

「そういうことなら、僕が見に行けばよかったかな」

「やっぱり、石堂の見方が間違ってると思いますか？」

同意見を得られたと祐介は身を乗り出すが、富野はあっさりと否定する。

「そうじゃなくて、彼だと私情が入っちゃいそうでしょ？」

「私情？」

「まあ、それはいいとしようか。彼も素人じゃないんだから、そこまで見誤ることはないはずだし」

自分で言った可能性を自ら否定して、

「それじゃ、僕も報告しておこうかな」

富野は話題を変えた。どうやら、そのために事務所に来ていたようだ。

「まず課長には住宅ローンが残ってる。まだ半分も終わってないから、定年後も払い続ける計算だよね。その上で、ローン会社二社から、数百万単位で借り入れもあった」

「探偵だとそんなところまで調べられるんですか？」

「それは企業秘密。裏技を使ってるから」

どんなきわどいことをしたのか、知りたいと思ったが、富野に笑顔で誤魔化され、追及はできなかった。

「そして、その借り入れのうちの一つは、先月、返済されてた」

「横領した金でってことですよね？」

「他に臨時収入でもあったなら別だけど、ボーナス時期でもないしねえ」

状況証拠だけなら、犯人は芹沢で決まりだ。だが、まだ決定的な証拠がない。それがなければ、銀行も動いてくれないだろう。

「今度は融資課長に会ってみるのはどうですか？」

「また反応を見るため？」

「それもありますけど、俺に呼び出されたら、本当の犯人なら焦りませんか？」

祐介なりに次に何ができるかを考えてみた結果だ。銀行に入らず、証拠も見られず、その条件でできることは限られている。

「確かに、焦りそうなタイプかも」

「課長に会ったんですか？」

「見てきただけだけどね。小役人とか、小悪党とか、とにかく小さいって字が頭に付きそうなイメージじゃない？」

富野の喩《たと》えの上手さに祐介は吹き出してしまう。これまでそんなふうに思ったことはなかったのに、言われてみれば、そうとしか見えなくなるから不思議だ。

「じゃあ、明日、会ってくる?」

「いえ、明日は日曜で銀行に動きはないでしょうから、その間に母の元同僚に会ってきます」

そう言って石堂に渡されたメモを富野に見せた。

「そっか、石堂くん、それはちゃんと調べてたんだ」

勝手に祐介のところに行ったことを、富野は快く思っていないのが、今の台詞で感じ取れた。

結果がどうであれ、せっかく立てた計画を崩されるのは気持ちのいいものではないはずだ。

「今度は知らない人が相手だけど、大丈夫?」

富野が心配したように尋ねてくる。無理だと言えば、助けを申し出てくれるかもしれない。

けれど、祐介は笑って見せた。

「大丈夫じゃないかもしれませんけど、やります」

何もしないでいると、石堂に偉そうにされても反論できない。だから、そうならないために、
今、自分にできることをしておくしかない。祐介はそう思った。

5

　母親の元同期だという宮下恭子は、結婚した後も変わらず『サカタ』に勤めていた。今日が平日なら昼休みにでも会ってもらうのだが、生憎と日曜だ。家庭を持つ女性を呼び出すことに躊躇《ためら》いつつ、祐介が電話をかけると、意外なほどすんなりと会う約束をしてくれた。

　祐介は約束の時刻より早めに来て、後から来る宮下を見つけやすいようにと、外のテラス席に座っていた。

「二ノ宮祐介くん？」

　店内から現れた女性がそばに立って呼びかけてくる。外ばかり見ていて、全く気付いていなかった。

「そうです。宮下さんですか？」

　問いかけに宮下はそうだと頷いてから、同じテーブル席に腰を下ろした。

　母親が生きていれば同じくらいの歳になっていただろう。宮下には五十前後の女性の落ち着きが感じられた。けれど、母親のように着飾ってはおらず、休みの日だというのにグレーのスーツにハイヒール姿は、いかにもできるキャリアウーマンに見えた。

「すぐにわかったわ。英里子《えりこ》によく似てる」

向かいに座った宮下が、祐介の顔をまじまじと見つめ、感想を口にする。

言われ慣れていた言葉とはいえ、あまり嬉《うれ》しくはなく、祐介は苦笑いするしかなかった。だが、親しげに母親の名前を口にすることから、ただの同僚ではないらしいとわかる。

「英里子、亡くなったのね」

母親を思い出しているのか、祐介の顔をじっと見つめながら、宮下はしみじみとした口調で言った。母親が亡くなったことは、電話をかけたときに伝えておいた。その上で聞きたいことがあると言ったのだ。

「母とは親しかったんですか?」

「同期で同じ課は二人だけだったから、自然とね」

石堂はそこまでわかっていて、この宮下の連絡先を渡してくれたのだろうか。それともまだ在籍していたのが宮下だけだったのか。それは祐介にはわからないが、母親の過去を知るのに最適な相手と巡り合えた。

「当時、母が誰と交際していたかご存じですか?」

「知りたいのは父親のこと?」

ぼかして尋ねた祐介に対して、宮下は先回りするように問い返してきた。

「どうしてそう思うんですか?」

「いろいろあったから……」

そう答えた宮下は、その頃のことを思い出したのか、苦笑いを浮かべている。

「いろいろって?」

「英里子が会社を辞めたのは、あなたを妊娠したからだっていうのは知ってる?」

「それはなんとなく……」

「本当はね、寿退社するつもりだったのよ。そのつもりで周りにも吹聴してた」

「でも、できなかった?」

宮下の口ぶりからでもわかるが、現実に結婚していないのだから、祐介はただ話の先を促す意味で問いかけた。

「そう。相手には結婚するつもりなんて初めからなかったのよ。英里子もそれはわかってたのに、子供ができれば覚悟を決めるだろうと、わざと危ない日を選んで関係を持ったってわけ」

母親の性格はわかっていたつもりだが、改めて他人から聞かされると言葉を失う。自分は結婚するための道具として使われたのだ。親に期待はしていなかったとはいえ、さすがに少なからずショックを受ける。

「ごめんなさいね。その子供に聞かせる話じゃないわ」

「いえ、知りたがったのは俺のほうですし、正直に話してくださってありがたいです」

祐介は本当に感謝していた。こんなすぐに当時の状況を知ることができるとは思っていなかったのだ。やりますと富野には言ったものの、聞き出す自信もなかった。

「英里子は会社でマドンナ扱いされるくらい美人だったから、自分に自信があったのよ。だから、野間さんをモノにするのも簡単だと思ってた」

「俺の父親は野間と言うんですか？」

聞き流せない言葉に、祐介は宮下の話を遮った。相手が誰かまで確認できるとは思っていなかっただけに、祐介は表情を強ばらせる。

「それも知らなかったの？」

宮下は驚いた顔でまじまじと祐介を見つめる。

「いえ、あの、野間さんから母宛の手紙を見たことはあるんですが、父親ではないと否定されていたので……」

「まあ、そう言いたくなる気持ちはわかるわ」

仕方のないことだとばかりに宮下が頷く。どうやら、宮下はかなりその辺りの事情に詳しいらしい。

「野間さんは英里子のせいで、会社を辞めさせられたようなものだから、絶対に息子だなんて認めたくないでしょうね」

「クビになったんですか？」

石堂たちも知らなかった、探偵になる前の野間の仕事。まさか、それを失う原因が母親にあったとは予想だにしなかった。

「クビじゃないわ。実質左遷の転勤を言い渡されたから辞めたのよ」

「お詳しいですね」

もう三十年近くになる昔の話だというのに、すらすらと答えていく宮下に、祐介は感心する。

「実は、その頃、野間さんと同じ会社の人と付き合ってたから」

「野間さんの会社って……」

「日同《にちどう》証券よ」

宮下は考える素振りも見せずに即答した。

今こうして祐介が宮下と会っているのも、そもそもは野間の勤務先を知ろうとしたのがきっかけだ。期せずして野間のかつての勤務先を知ることになったのだが、石堂を出し抜けたような気持ちになり、祐介は嬉しくなる。

「話を戻しますが、左遷されるきっかけが母だというのは？」

「その頃の野間さんはとにかくモテてた。うちの会社でも彼を狙ってた子は何人もいたし、英里子もその一人だった。だから、余計に負けたくなかったんでしょうね」

負けず嫌いの母親を思えば、その姿は容易に想像できる。容姿に人並み以上の自信を持っていたから、尚更、負けられないと思っていたはずだ。

「猛アピールの甲斐《かい》あって、付き合うことはできたのよ。でも、野間さんにとっては遊びでしかなかった。でも、英里子にだけそうってわけじゃなくて、彼はもともと結婚願望がなかったの。遊びでしか付き合わないと公言してたくらいだしね」

「つまり、母はそれでもいいからと、野間さんと交際してたわけですね?」

祐介の問いかけに、宮下は曖昧な笑みを浮かべた。

「表面上は自分も遊びだと言ってたわ。自分だけが本気だと思われたくなかったんでしょうね。でも、それが悪かった。実際、妊娠したことを告げても、野間さんには自分の子じゃないだろうと拒絶されたのよ」

見栄っ張りで負けず嫌い、おまけに自己中心的な母親の性格を思い返すと、なんとなくだがその光景が見えるような気がした。きっと、自分が上位に立ちたくて、素直になれず、強気に振る舞っていたに違いない。

「本気で好きだったから、冷たく拒絶されて、余計に憎しみが募ったんでしょうね。日同証券に乗り込んで、野間さんは女をもてあそんだ挙げ句、妊娠させて捨てる男だと言いふらしたの。おかげで野間さんは左遷決定。将来有望なエリートだったのにね、英里子のせいで人生を棒にふったってわけ」

宮下の説明を受けて、野間が以前の仕事について語らなかった理由が納得できた。望んで退職したのではなく、こんな理由で辞めざるを得なかったのなら、人に話したいと思うはずがない。

「でも、野間さんからの手紙があるんでしょう？　居場所はわかるわけだし、本人に確認しようとは思わなかったの？」

宮下が疑問に思うのも当然だ。大抵の手紙にはリターンアドレスが記されている。こんな回りくどい調べ方をするよりも、そのほうがよほど手っ取り早い。

「野間さんももう亡くなってるんです」

「あら、そうなの……」

悪いことを聞いてしまったとばかりに、宮下が申し訳なさそうな顔をした。

「でも、それじゃ、ＤＮＡ鑑定をするってわけにもいかないわね」

「そこまでするつもりはありません」

「はっきりさせなくていいの？」

「宮下さんのお話を聞いて、何かいろいろ納得できたので、もうそれで充分です」

嘘偽りのない、正直な気持ちだった。元から祐介には誰が父親かをはっきりさせようという意思はなかった。ただ石堂の勢いに流されて、ここまで来てしまっただけだ。もっとも、おかげで妙にスッキリした気分になれた。ただいらない子供だったと言われるよりも、だからなのかと納得できる理由がわかったことで、自分の存在を見つめ直すことができたとでも言うのだろうか。

「今日はわざわざ来ていただいて、ありがとうございました」

感謝の気持ちから、頭を下げた祐介に、宮下が困惑したような笑みを浮かべる。

「そんなふうに言われると、後ろめたくなるじゃない。なんか、ごめんなさい」

予想外の宮下の反応だ。祐介がえっと驚きの声を上げると、

「今日来たのはね、英里子を笑ってやるつもりだったのよ」

宮下が自嘲《じちょう》気味に笑って言った。

「あの英里子がまともに子育てなんてできるはずがないもの。きっとろくでもない子供に違いないから、ざまあみろと笑ってやろうってね」

「仲がよかったんですよね？」

「それは最初だけ。英里子に彼を寝取られてからは、仕事以外での会話はなかったわ」

「その人が俺の父親ということは……」

「ないない」

最後まで言い終わらないうちに、宮下は全力で祐介の疑惑を否定した。

「英里子が彼と付き合ってたのは、野間さんと知り合う前のほんの一ヶ月程度のことよ。野間さんと出会った瞬間、興味がなくなったのね。あっさりと捨てられてたわ」

「それは……、すみませんでした」

生まれる前のこととはいえ、母親の所行に祐介は謝るしかなかった。

「あなたが謝ることじゃないでしょ。それに、いくら美人とはいえ、簡単に他の女に靡《なび》くような男を選んだ自分が悪いだけ」

過去のことだから、宮下の中ではもう消化できているようだ。言葉や表情に憎しみは感じられない。

以前なら相手の感情を読み取ろうなどとはしなかっただろう。だが、今は違う。自然と感じてしまうのだ。口にした言葉以外にも意味があることがわかったからだろう。

「ま、それがわかってても、英里子を恨まずにはいられなかったんだけどね」

「当然だと思います」

祐介がそう答えると、宮下は溜息を吐いた。

「あの英里子の子供なのに、まともすぎて拍子抜けするわ」

「俺、まともに見えますか?」

「まともじゃないって言われてるの?」

意外そうに問い返されたことが、祐介には意外だった。感情に乏しく、人とまともに会話もしない祐介を誰もが変わり者扱いしてきた。きっと五日前なら、宮下もみんなと同じ反応をしていたはずだ。祐介が変わったのだとすれば、石堂が現れたあのときからの日々のおかげだろう。

「いえ。今日はお時間を取ってもらってありがとうございました」

祐介は自分の話は切り上げ、改めて宮下に頭を下げた。

宮下と別れた祐介が向かったのは、探偵事務所だった。まだ太陽も落ちていないくらい早い時刻で、誰も事務所にいないかもしれないのに、今日の収穫を早く富野たちに知らせたくて、自然と足が向かっていた。

「お前もいたのか」

事務所のドアを開けた瞬間、祐介は露骨に不満げな声を漏らした。

「いたら悪いのかよ」

「相変わらず、暇なんだな」

オブラートに包まない嫌みを投げかけた後、祐介はすぐに視線を富野に向けた。

「ただいま帰りました」

「お疲れさま」

富野の温かい笑顔で迎えられ、祐介の顔にも自然と笑みが広がる。

いくら感情表現に乏しい祐介でも、これまでにも笑ったことくらいはある。けれど、どれも意識的に作った笑顔だった。愛想笑いや営業スマイルなど、その場面に必要だから作って見せていた。祐介はこの年になって初めて、心の内から自然と溢《あふ》れ出す笑顔があることを知った。

それも面白いからではなく、嬉しくても笑うのだと知ったのだ。

「お前、態度が変わりすぎだろ。なんで、富野さんには笑顔なんだよ……って、笑顔？」

不満げに文句を零していた石堂が、急に何かに気付いたように富野と顔を見合わせる。それに対して、富野もまた僅かだが驚いた表情を見せ、

「何かあった？」

不思議そうにしながら祐介に尋ねてきた。

「宮下さんから話を聞けました」

「いや、それじゃなくて……」

他にもっと何かないのかと言いたげな富野に、祐介は首を傾げる。宮下に会ってくることは言ってあったし、そこからまっすぐ帰ってきた祐介には、他に報告することなど何もないのは、富野にもわかっているはずだ。

「まあ、いいか。先にその話を教えてもらえる？」

「はい」

満足いく成果を得られたから、祐介の口も軽くなる。母親と野間の関係や、野間が父親で間違いないだろうことを包み隠さず話して聞かせる。

「やっぱりか」

石堂はだから言っただろうというふうに、何故か偉そうにしている。それに対して、富野は

気遣うような表情を見せた。

「でも、二ノ宮くんにとってはあまりいい話じゃなかったよね?」

野間と結婚するための道具として、祐介はこの世に生まれた。そして、野間が拒絶したことを改めてはっきりと教えられたのだから、富野が心配する気持ちはわかる。

「いえ、これですっきりしました」

だが、祐介は晴れ晴れとした顔で答えた。

「確かに、俺は手段としてしか望まれなかったのかもしれません。それでも必要とはされていたんです」

最初、宮下から話を聞いたとき、どうして、母親は中絶しなかったのか不思議だった。仮に、親子関係が認められても、野間が結婚を拒んでいる以上、母親の望む結果にはならないはずだからだ。

だが、よくよく母親の性格を考え直してみてわかった。母親はどうしても野間の子供を産みたかったのだ。あのプライドの高い女が妊娠という最後の手段を使ってまで、野間と結婚しようとしたのは、それだけ本気で愛していたからに違いない。だからこそ、せめて野間の血を引く子供を望んだのだろう。祐介は母親が愛した男の子供であるのは間違いなかった。それがわかっただけで、祐介は満足していた。

「俺にはお前の考えが理解できない」

石堂は他人事なのに憮然としている。父親のように慕っていた野間が、そんな男だったと認めるのが嫌なのかもしれない。

「でも、強がりじゃないみたいだよ」

「どうして、そう思うんですか?」

ただ聞き込みしてきた結果を話しただけなのに、富野には何が伝わったのか。祐介はその疑問を口にした。

「君の雰囲気が変わったから。自然と笑えるようになったでしょう? 驚いたよ」

意識していなかったから、指摘されると気恥ずかしい。だから、祐介はそれを誤魔化すため、

「なんだか、横領のこともどうでもいいような気になってきました」

すっかり忘れていた、肝心の事件のことを口にする。

「馬鹿言え。それじゃ、振り出しに戻るだろ。俺は野間さんの息子を犯罪者にしたくないし、泣き寝入りするような男にもさせたくないんだよ」

野間の過去を知っても、石堂は野間を思う気持ちを変えるつもりはないらしい。最初から一貫して同じ態度、つまり、野間のために祐介の無実を晴らしたいと主張している。何度も聞かされるといい気持ちはしないのだが、祐介は溜息を一つ吐くだけに留めた。

「好きにすればいい。お前が納得する結末を迎えるまでは付き合ってやる」

「素直だな。どういう心境の変化だ?」

「宮下さんに会えたのは、一応、お前のおかげだからな」

今度は嫌みではなく本心で言った。石堂とはいろいろあったが、結果として、感謝の気持ちが勝っていた。

「だって、どうする?」

富野がこの先のことを依頼主である石堂に尋ねる。

「いくら銀行側が二ノ宮くんの辞表待ちだからって、いつまでもこのままってわけにはいかないよ?」

「わかってる」

石堂は仏頂面で頷いてから、新たな計画を提案してくる。

「俺は芹沢に揺さぶりを掛けて、ボロを出させようと思ってる」

「それって、二ノ宮くんに危険が及ばない?」

「それはちゃんと俺がフォローする」

「事件の呼び出しが入っても?」

冷静に指摘され、石堂が言葉に詰まる。石堂の本職は刑事。今はたまたま事件がないからここにいるが、いつ呼び出しが入るかもしれない身分だ。

「相手が芹沢課長なら、別にフォローはいらない」

男として守ってもらいたいとは思わない。祐介は無用の心配だと二人に言った。

「自信を持つのはいいが、追い詰められた相手は何をしでかすかわからないぞ」

「そこまで追い詰めるのか？」

「そうじゃなきゃ、ボロは出さないだろ」

もっともな台詞に、祐介は反論の言葉もない。

「どうやって追い込むの？」

「俺にいい考えがある」

石堂はそう言って、ニヤリと笑った。


計画を実行するため、石堂が先に帰り、富野もまたより情報を集めるために事務所を出て行った。その時点で午後六時だ。今日もまた夕食は出前でいいかと、祐介は出不精なところを発揮してメニューに手を伸ばした。

「石堂、いるか？」

そんな声とともに、見知らぬ年配の男が事務所に顔を覗かせた。五十代後半くらいだろうか。随分とくたびれた印象を受けるのは、着古したスーツのせいかもしれない。

「誰だ？」

男は室内を見回し、祐介しかいないことを確認すると、目を細めて尋ねてきた。訪問した側がそんな質問をするのもおかしな話だが、石堂の知り合いらしいから、ここでは祐介が不審者扱いされても仕方ない。

「野間の息子です」

祐介は初めて対外的に自分が野間の息子だと認めて名乗った。

「ああ。そうか。野間は死んだんだったな」

男は祐介が息子であることには驚いた様子を見せなかった。

「父とはどういったお知り合いですか？」

「石堂繫がりだ。あいつを捕まえるのに何度も手を借りてた」

「捕まえる？」

刑事の石堂に対する言葉とは思えず、祐介は説明を求めた。

「俺も刑事でな」

男はそう言って、祐介に対して警察手帳を開いて見せた。安居道隆《やすいみちたか》巡査部長と証明写真の下に記されている。いつだったか、富野が言っていた石堂の相棒の刑事の名前が安居だった。

「石堂とコンビを組まされてる」

その口ぶりだけでも、望んで石堂とコンビを組んでいるのではないことが明らかだが、その表情にもうんざりした様子が窺えた。

「そういえば、さっき石堂はいるかと言ってましたね」

「今日は朝から顔を見てない。いくら聞き込みだからって、単独捜査もほどほどにしないと俺も誤魔化しきれない。せめて一度は署に顔を出させないとな」

「何やってんだか」

「全くだな」

思わず呟いた祐介の独り言に安居が同意して頷いた。

「コンビを解消したいとは思わないんですか？」

つい疑問に感じ、それをそのまま口にしたことに、祐介自身が一番、驚いた。他人に興味がないから、まず自分から話しかけようともしないのに、初対面の人間の心情を知りたいと思ったことが不思議だった。

「厄介な奴だが、刑事として優秀なのは認めてる。それに、一緒にいると俺の成績も上がったりするしな」

おそらく刑事としての経験は、安居のほうが長いはずだ。同業者であり、一番近くで刑事の石堂を見ている男が言うのだから、きっと石堂ができる刑事であるのは間違いないのだろう。そして、迷惑を掛けられつつも石堂を信頼しているのが、安居の態度から伝わってきた。

「でも、まあ、息子が来てるなら、あいつがまた入り浸り始めたのも納得だ」

「どういう意味ですか？」

「ずっと気にしてたからな」

安居の視線がまっすぐに祐介を捉える。石堂が何を気にしていたのか、答えはその視線が教えていた。

「あいつとはもう三年もコンビを組んでるが、互いに私生活の話をするような仲じゃなかったのに、去年くらいから急に俺と息子の話を聞きたがった」

話が変わったように聞こえるが、きっと繋がっているのだろうと、祐介は話を先に進めてもらおうと相槌を打つ。

「息子さん、おいくつなんですか？」

「二十五だ。どうにか正社員として働いてるから、安心して定年退職を迎えられる」

そう言った安居の顔には、どこか誇らしげな父親の表情が見えた。

「それで、石堂は俺から父親の息子に対する感情を知りたがったんだ。野間の気持ちを知ろうとしてな」

「どうして、そんなことを？」

説明を付け加えられても、祐介には石堂の行動が理解できなかった。

「野間が言ってたという、父親の資格って言葉が引っかかってたんだろうな」

「資格、ですか？」

父親と資格という二つの単語が結びつかず、祐介は首を傾げる。

「ああ。それがないから、息子には会えないと言ったんだそうだ」

「その言い方だと、会いたいと思っていたように聞こえますが……」

「本当のところはどうだったのか、それはもうわからない。だが、野間がお前の勤務先を知っていたことだけは事実だ」

祐介にも父親の資格などわからない。だが、一度は拒絶したことが原因していることくらいは想像できる。

もし、野間が会いに来ていたら、自分はどんな対応をしただろうか。

仮定の話では意味がない。少し前の自分なら、そんなふうに考えていたはずだ。けれど、今は想像せずにはいられなかった。

「石堂と面識があるならわかるだろうが、あいつは強引な奴だ。無理矢理にでも、お前を野間のところに連れて行こうと考えていた。でも、それが二人にとっていいことなのかどうか、悩んでいる間に野間が死んでしまった」

「それで、石堂はあんなに俺に拘《こだわ》るんですね」

「仕事もそっちのけでな」

安居は呆れたように笑う。

「何度もお前のことを見に行ってたらしいぞ」

「何度もって……」

石堂が祐介の存在を知っていたのは教えられてわかっていたが、ただそれだけだと思っていた。驚く祐介に、安居がさらに衝撃的な台詞を口にした。

「一歩間違えれば、ストーカーだったな」

「そんなに？」

「気になって仕方なかったみたいだ」

安居が苦笑いしながら、石堂を庇《かば》うように言った。

「会いに行かない野間の代わりに、見守ってるつもりだったんだろ」

「見守られる覚えはありませんよ」

「まあ、そうなんだがな。あいつは野間を父親のように思ってたから、お前のことも兄弟みたいな気がしてたんじゃないか」

それが行き過ぎて、あの夜の行為に繋がったのだろうか。一方的な思い込みでされたのなら、いい迷惑でしかない。

「で、あいつは？」

安居がやっと思い出したように、当初の目的を口にした。

「ほんの三十分ほど前までいましたよ。今度、来たら、署に顔を出すように言っておきます」

「そうしてくれると助かる。野間がいなくなったら、言うことを聞かせられる奴がいないんだ」

相棒としては情けない台詞を吐いて、安居が帰って行った。

思いがけない形で、石堂の秘密を知ってしまったような気がして、どうにも居心地が悪い。知らない間に見られていたのもそうだが、それ以上に一方的な何かしらの感情を持たれていたのが祐介を落ち着かなくさせていた。

6

翌日、祐介はただひたすら電話を待っていた。

石堂の作戦が狙いどおりに成功すれば、芹沢から電話がかかってくるはずだった。

「今からそんなに緊張してるともたないよ」

ソファに座ったまま動かない祐介を見て、富野が笑って声を掛けてくる。

「そうですよ。コーヒーでも飲んで、リラックスしてください」

いつからいたのか、出前スタイルの新家が、祐介の前にコーヒーをそっと差し出してきた。

「君も事情を知ってるのか？」

そうでなければ、今の台詞は出ないはずだと祐介は尋ねた。

「臨時バイトに雇われました」

何のためになのかは、聞かなくてもわかった。祐介はすっと視線を富野に移動する。

「富野さん？」

「石堂くんの都合がつかないときのための用心だよ」

祐介の責めるような問いかけにも、富野は悪びれずに答えた。

「本当に大丈夫ですから」

「そういうわけにはいかない。ま、新家くんも腕に自信があるってタイプじゃないけど、僕よりはマシだし、一人より二人でしょう?」

「新家くんを危険な目に遭わせるわけにはいきません」

たまにバイトをしているとはいえ、新家はあくまで学生であって探偵ではない。危険が伴う場面に巻き込むのは間違っている。

「危険な目になんて遭いませんって。俺、逃げ足が速いのと、声がでかいのが売りなんで。そっち方面で二ノ宮さんをアシストします」

祐介に負担を掛けないようにだろう。新家は冗談めかして言った。

「つまり、危ない状況になったら、大声で助けを呼んでから、自分は逃げ出すってこと。これならいいでしょう?」

「それなら、まあ……」

祐介は渋々ながら認めるしかなかった。これは祐介のためにしてくれていることなのだ。作戦を成功させるために、その祐介がごねるわけにはいかない。

「石堂さん、上手くやってるかなぁ」

新家が窓の外を見ながら呟いた。

「やってもらわないと困るよ。何のために刑事やってるんだって話でしょ」

「刑事はそのためじゃないですよ」

富野の言葉を受けて、新家が吹き出す。

石堂の作戦はこうだ。警察だと言って芹沢を呼び出し、横領事件があったという噂を聞いたのだと話を切り出す。芹沢が真犯人なら、警察が介入する前に決着をつけたいと考え、祐介に接触を図ってくるはずだ。

そして、もっと芹沢を焦らせるために松前も利用すると石堂は言った。仮にも副支店長という肩書きを持つ男が、祐介と個人的に会っていたことを知れば、何か裏で動いているのではないか、極秘で調査を進めているのではないかと、芹沢も疑心暗鬼になってくる。そうなれば、確かめずにはいられなくなるだろう。だから、さりげなく会話の中でそのことを匂わせるらしい。

「昼に話を聞きに行くと言っていたから、そろそろ動き出すかな」

壁に掛けられた時計を見て、富野が呟く。午後三時、窓口業務が終わっても、まだ仕事自体は山程、残っている。いくら焦っていても、融資課の責任者なのだから、芹沢も早退まではしないだろう。

「実際に自分の足で動くのは銀行が終わってからだと思うけど、電話くらいはかけてるんじゃないかな。君の自宅に」

ニヤリと笑った富野の顔で、言わんとすることがわかった。祐介をここに留めた石堂が最初にしようとしたことだ。自宅待機のはずの祐介が自宅にいないだけで、本当の犯人は焦るはずだと。今がまさにそのときだった。

「そっか。まだ三時間以上あるんですね」

「そういうこと。だから、店に戻っていいよ。何かあったら呼ぶから」

富野は手持ち無沙汰な新家に帰るよう促した。

「わかりました。一稼ぎしてきます」

新家はにっこりと笑って事務所を出て行った。残されたのは祐介と富野、それに湯気の消えたコーヒーだ。

祐介はようやくそれに口をつけた。すっかり冷めてはいたが、僅かな苦みが口に広がり、そう感じるだけの余裕が戻ったことを祐介に気付かせる。

「二ノ宮くん、本当に変わったよね」

じっと祐介を見つめていた富野が、しみじみとした口調で言った。

「そうですか?」

「今もコーヒーを飲む前と後で顔が変わった」

指摘され、祐介は思わず頬に手を遣《や》った。全く自覚していなかったが、確かに表情を消そうともしてなかった。

「僕は今の二ノ宮くんのほうが、圧倒的に好きだよ」

「ありがとうございます」

真っ正面から好きと言われたのは初めてで、祐介は頬が赤くなるのを感じた。過去に交際を申し込まれたときは、『好き』の言葉はなく、付き合ってほしいとか恋人になってとか、そんな言い方でしかなかったからだ。

「石堂くんのおかげかな?」

「どうして、石堂の?」

祐介は不満げに眉根を寄せて問い返す。

「君は石堂くんを相手にしているときが、一番、表情が豊かになる」

「そう……でした?」

自分で自分の顔は見えない。祐介が尋ねると、富野は笑顔で頷いた。

「そうだよ。ま、彼もそうなんだけどね。ちっともポーカーフェイスができてない」

そんな石堂の姿を思い浮かべているのか、富野はおかしそうに笑っている。

「どういう意味です?」

「それは本人に会ったときに聞いて」

そう言って、富野が思わせぶりに笑う。その笑顔の意味は感情を持ち始めたばかりの祐介には、まだまだ理解できそうになかった。

石堂から全て順調に進んでいると連絡があったのは、午後六時過ぎだった。昼休みに芹沢と会って揺さぶりを掛けた後、退社時刻である午後六時から銀行の裏門を見張っていたらしい。そして、いつもなら残業をしている芹沢が、六時を過ぎるやいなや、足早に出てくるのを見届けたということだ。

当初の予定では可能ならそのまま芹沢を尾行するはずだったのだが、事件の呼び出しが入ってしまった。最後まで付き合えないことを残念そうにしていたと電話を受けた富野が言っていたから、今回は新家の臨時バイトを奪われずにすんだ。

芹沢から電話がかかってきたのは、それからさらに一時間後だった。

「かかってきました」

祐介は着信音を響かせる携帯を手に、富野に報告する。

「石堂くん、頑張ったみたいだね」

富野がそう言ってから、電話に出るよう促した。

石堂から報告を受けた後も、祐介はずっと事務所で待機していた。新家は喫茶店のバイトに戻ったが、富野も何か不測の事態があったときのために待機組だった。

『二ノ宮くん、君は今、どこにいるんだ?』

通話ボタンを押すなり、詰問口調の芹沢の声が聞こえてくる。この口ぶりや声の調子から、どうやら芹沢は祐介の自宅を訪ねたらしい。それで銀行を出てからこの電話まで、一時間もかかったのではないだろうか。

「答えなければいけませんか？」

祐介はあえて反抗的な態度を取った。これまでの祐介からは想像のできない態度を取ったほうが、より芹沢を焦らせるとの富野の助言によるものだ。

『当たり前だろう。君は謹慎中の身なんだぞ』

「自宅待機じゃありませんでしたか？」

祐介はわざととぼけて問いかける。

「それにしたって、閉じこもりっきりってわけにはいきませんよ。買い物にも出ないと飢え死にしますし」

『き、君は開き直るのか？』

明らかに冷静さを失った口調で、芹沢が尋ねてくる。

「まあ、これも開き直ってるというのかもしれないですね」

ぼかした言い方をしたのは、芹沢に邪推させるためだ。祐介が何を考えているのかを読み取らせないようにしたほうが、焦った芹沢が次の行動に出る可能性が高い。

『君は自暴自棄になってるんだろう。わかった。一度、会って、君の言い分を聞いてあげようじゃないか』

あくまで上からの立場を崩さず、芹沢が親切めかした言い方で提案してくる。

来た。祐介は心の中で呟き目配せすると、それを受けた富野がわかったふうに頷く。

「課長は俺を犯人だと思ってるんですよね？ 今更なんじゃないですか」

『いや、私も君のこれまでの働きぶりから、おかしいとは思ってたんだ。だが、証拠があるからと、支店長が強硬でな』

芹沢が怪しいと聞かされていたからだろう。祐介には全ての言葉がそらぞらしく、嘘臭く聞こえた。

『君、これから出てこられないか？』

「これからですか？」

露骨に億劫そうな響きを声音に混ぜて、祐介は問い返す。

『君のためを思って言ってるんだ』

「わかりました。まあ、どうせ暇ですから」

あくまで仕方なくといった態度を装い、祐介は計画どおり、芹沢に呼び出されることに成功した。

待ち合わせ場所は祐介に配慮したかのように、祐介の自宅近くにあるという公園を芹沢は指定してきた。だが、その辺りの住人であるはずの祐介が聞いたこともない公園だった。おそらく昼間に子供が遊ぶくらいの小さな公園に違いない。芹沢が人目を避けようとしているのは明らかで、何かを企んでいるだろうことは容易に想像できた。

「大事なのはここからだよ」

電話を終えるのを待ちかね、富野が口を開く。

「くれぐれも気をつけてね。追い詰められた人間は何をするかわからないから」

「現実問題として、追い詰められてるのは俺のほうだと思いますよ」

「二ノ宮くんは落ち着きすぎてて、全くそんな気がしないね」

富野は改めて祐介をまじまじと見つめた。実際、自分でも不思議だった。横領を押しつけられそうになった瞬間はともかく、今は不思議なくらいに気持ちが落ち着いている。きっと、その間、一人ではいなかったからだろう。

「でも、その落ち着きがあれば大丈夫かな。頑張って」

富野の励ましに、祐介は力強く頷いた。


一時間後、祐介は待ち合わせ場所に一人で向かった。新家にはあらかじめ近くで潜んでいてもらう段取りだ。

もしかしたら、芹沢は祐介を殺そうとするかもしれない。その可能性に気付いていたが、恐怖心も緊張感もなかった。あるのは今日で全てを終わらせられるだろうという期待感だけだ。

祐介が初めて訪れた人気《ひとけ》のない薄暗い公園に着くと、既に芹沢がベンチに座っていた。

「お待たせしました」

ゆっくり近づいていく祐介に、よほど待ちわびていたのか、部下を迎えるために、芹沢はわざわざ立ち上がった。

「呼び出して悪かったな」

「いえ、課長こそ、お忙しいのに申し訳ありません」

祐介は形ばかりの詫びの言葉を口にする。

「座ろうか」

芹沢に促され、祐介は二人で並ぶようにベンチに腰を下ろした。

「そろそろ私の処分が決まりそうなんですか?」

呼び出されるのに他の理由が思いつかないという顔で、祐介は話を自ら切り出してみた。

「いや、それはまだなんだが……」

「私を犯人だと決めつけているにしては、時間がかかりすぎてますよね? もしかしたら、他に怪しい人物が浮かんで来たとか……」

「そんな人間はいない」

祐介が全てを言い終える前に、被せ気味に芹沢が否定する。その焦り具合があまりにも怪しいことに、本人は気付いていないらしい。人の感情に鈍い祐介でもあからさまにわかるくらいだというのにだ。

「少し冷静になりたまえ。これでも飲んで」

芹沢はそう言って、持っていたバッグからペットボトルのコーヒーを二本、取り出した。

「ここには何もないから、来る前に買っておいたんだ」

何も聞いていないのにベラベラと言い訳がましいことを口にするのは、それだけ後ろめたいことがあるからに違いない。おそらくこのボトルに何か仕込まれているのだろう。そのために仕込みづらい缶ではなく、ペットボトルにしたに違いない。

「さあ、飲みなさい」

芹沢はわざわざキャップを空けてから、祐介に差し出してきた。部下に対してここまで至れり尽くせりなことをする男でないのは、今までの職場での態度でわかっている。どちらかといえば、目下の者には偉そうに振る舞う男だった。祐介は芹沢が犯人だと、はっきりと確信を持った。

「課長が持っているほうのコーヒーをください」

「な、何を言い出すんだ」

目に見えて狼狽《うろた》えた様子で、芹沢は手元にあるボトルを握る手に力を込めている。それは祐介には渡さないという意思表示に見えた。

「どっちも同じなら、いいじゃないですか」

「当たり前だろう。だから、こっちを……」

芹沢はさらに祐介へ向けた手を押しつける勢いで突きだしてくる。

「何か入れてあるんでしょう？　それがわかってて素直に飲む馬鹿がどこにいます？」

祐介は鼻で笑って問いかける。

「どうして、私がそんなことをしなければいけないんだ」

「だったら、こっちを飲んでみてくださいよ」

祐介は胸元に押しつけられた手を掴み、芹沢の元へと押し返す。

「何も入ってないなら、飲めるはずですよね？」

「いいから飲むんだ」

説得は無理だと悟った芹沢が、強引にボトルを祐介の口元に押しつけようとしてきた。祐介はその腕をぐっと掴んだ。

「ぐっ……」

手加減なしに締め付けたため、芹沢が痛みで顔を歪める。その拍子にボトルは宙に浮かび、やがて地面へと落ちて転がる。横に倒れたボトルからは中身が零れだしていた。

「もったいないですね」

祐介は手に込めた力は緩めず、他人事のように言いながら落ちたボトルに視線を向ける。

「まあでも、少しは残ってるみたいですから、飲んでみますか?」

皮肉めいた言葉を口にして、祐介が顔を戻すと、芹沢は信じられないものを見るような目で見つめていた。

おそらく優男《やさおとこ》風な祐介の外見を誤解していたのだろう。それに自分のことは何も語らなかったのが油断させることに功を奏していた。

銀行関係者は誰も知らないが、祐介は小学校入学前から高校卒業までずっと空手をしていた。目的が大会で成績を出すことではなかったから、何も結果は残っていないが、有段者だ。子供の頃から、人との関わり方が下手だったから、この先もずっと一人で生きていくのだろうと、漠然とだが思っていた。それならせめて強くなろうと始めたのだ。

見かけからは予想できない力強さで、芹沢の手を捻《ひね》り上げる。罪を着せられた恨みもあって、手加減はしなかった。

芹沢が呻《うめ》き声を上げ、ベンチから腰を落として地面へ崩れ落ちる。

「もう無駄なあがきはやめましょうよ」

祐介は起き上がれない芹沢を冷たい瞳で見下ろして言った。

「このコーヒーを出した時点で、課長の負けは決まってたんです。かなり零れましたけど、成分を調べるのには少しあれば充分ですからね」

「……警察に言うつもりか?」

「そうですね。どうしましょうか」

祐介の目的は芹沢を逮捕させることではない。横領犯を明らかにすることだ。その目的さえ果たせれば、後のことはどうでもよかった。

「殺人未遂で警察に逮捕されるのと、横領で銀行から処分を受けるのと、どちらがいいですか？」

聞かなくても答えのわかる質問を、祐介はあえて口にした。

「少し借りるだけのつもりだったんだ……」

「それが返せなかった？」

芹沢は力なく頷いてから、ほぼ想像していたとおりの動機を語り始めた。浪費家の妻がカードで買い物をしすぎた穴埋めのために借りるだけと、銀行の金に手をつけた。すぐに返すつもりでいたのに、その前にまた使い込まれる。最初に成功してしまうと、二度目はもっと手が出しやすくなって、気付けば簡単には返せない額に膨らんでいたというわけだ。

「俺に罪を着せたのは、泣き寝入りすると思ったからですか？」

「君は独り者だし、若いし、やり直せると思ったんだ。だから、横領したことは公にはしないで辞めてもらい、転職先を紹介するつもりだった」

「勝手に人の人生を決めないでほしいですね」

あまりにも馬鹿馬鹿しい言い訳に、祐介は溜息を吐く。

「なんだ、もう終わったのか」

不意に聞こえてきたのは、呆れたような石堂の声だ。今、駆けつけてきたらしく、まだ状況が把握できていないような顔をしている。

「また新家くんのバイトを横取りか？」

祐介はうずくまる芹沢を警戒しつつ、石堂に問いかける。

「俺もいますよ」

今度は新家がひょっこりと顔を覗かせる。

「ずっと隠れて見てたんですけど、全く出る幕がなかったんで……」

「何があった？」

石堂が興味深そうに新家に話しかけた。

「その話は後だ」

珍しく祐介が他人への質問に答えた。今はもっと他にすることがあるのだ。

「お前、ここに来たってことは、暇なんだな？」

「暇っていうか、まあ、手は空いてる」

暇人呼ばわりは嫌らしく、言葉を言い換えながらも、石堂は祐介の問いかけに頷いた。

「だったら、銀行まで一緒に来てくれ」

「なるほどね。刑事がいたほうが説得力があるか」

察しよく石堂が理解してくれる。今は観念しているように見える芹沢も、銀行に着いた途端、態度を変えるかもしれない。このコーヒーも自分が用意したものではないと言われれば、違うと証明する手段がなかった。だが、刑事がそばにいれば、それだけで支店長も納得するはずだ。祐介はそう考えた。そういう意味では、この場に呼んでもいない石堂が来ていたのは運が良かった。

「でも、この時間だと、支店長は帰ってるんじゃないのか?」

石堂の言うことはもっともだった。もう午後八時を過ぎているし、そもそも行内にいることの少ない支店長だ。今も行内にいる可能性は高くはない。

「そうだな。先に確認しておこう」

祐介は携帯電話を取りだした。石堂や新家がいるのに、芹沢ももう逃げだそうとはしないだろう。だから、目を離しても大丈夫だと、登録してある番号に電話をかける。

『二ノ宮くん? どうかしたのかい?』

突然の電話に驚いた声で問い返してきたのは、副支店長の松前だ。祐介が個人的に連絡を取れる銀行の人間は松前しかいない。

「突然、すみません。副支店長は今、どちらにいらっしゃいますか?」

『まだ銀行だが……』

質問の意味を気にしているようだが、松前は祐介の望む答えをくれた。

「支店長は？」

『残られてるはずだよ。ついさっき見かけたから』

「でしたら、もうしばらく引き留めておいてもらえますか？　今から本当の横領犯を連れて行きますので」

祐介の言葉に、松前が息を飲むのが電話越しに伝わってくる。

『状況がよく飲み込めないいんだが、その犯人というのは……』

「芹沢課長です」

今更、隠す必要はない。即答した祐介に、電話の向こうで松前が小さく息を吐くのが聞こえてきた。

『やはり、そうか』

「やはり？」

『怪しいとは思っていたんだ。わかった。すぐに支店長に知らせて、待機していよう』

祐介の追及を、松前は要求を受け入れることでかわした。松前も立場上、誰が疑わしいなどとは言えなかったのかもしれないが、芹沢が犯人だと驚きもせずに受け入れられるくらいなら、話してほしかった。祐介の中に、松前への不信が募る。

「お願いします」

それでも祐介は最後にそう言ってから電話を切った。

電話の内容は祐介の受け答えだけだが、この場にいる人間には全て聞こえている。副支店長である松前に真犯人の名前を告げたことで、芹沢は完全に終わったことを悟ったのか項垂《うなだ》れたまま、肩を震わせて泣いていた。これまでのキャリアを全て失い、これから職も失おうとしているのだ。

「それじゃ、行きましょうか」

祐介は情け容赦なく、芹沢の腕を掴んで立ち上がらせた。

「新家くん、富野さんへの報告を頼める?」

すっかり傍観者になっていた新家に、祐介は思い出したように言った。きっと気にしてくれているだろうから、早く結果を報告しておきたかった。

「了解です。ここでは役立たずだった分、任せてください」

力強く請け負って、新家は勢いよく公園を駆けだしていった。

「さてと、タクシーかな」

祐介は呟いてから辺りを見回した。駅から公園に来るまでの間、タクシーは一台も見かけなかった。客を拾えるような広い通りでもないから、流しでは走っていないのだろう。そうなると、電話で呼ぶしかなくなる。

「俺の車をそこに停めてる」

「たまには役に立つな、お前の車も」

「どういう意味だ？」

「強引に連れ去られた記憶しかないからな」

祐介が歩きながら淡々と事実を告げると、

「お前、めっきり可愛げがなくなったな」

石堂は並んで歩きつつ、不満げに顔を顰める。

「男に可愛げを求めてどうするんだ」

「そういうことじゃなくて……」

何か言いたげにしていた石堂だったが、二人の間に芹沢がいることを思い出したのか、口を閉ざす。

「まあいい。先にこっちだ」

石堂は祐介が摑んでいるのと反対側の芹沢の腕を摑み、力強く引っ張った。


銀行に向かう車内で、石堂《いしどう》が見ていなかった間のことを説明する。石堂が知りたがったからでもあるが、それ以上に第三者にも知らせることで、芹沢《せりざわ》の退路を完全に断ちたかったからだ。

そんな話をしているうちに車は銀行前に到着した。車から芹沢を降ろし、さっきと同じように祐介《ゆうすけ》と石堂で両脇を挟んで、通用口から行内へと入っていく。

「二ノ宮《にのみや》くん、こっちだ」

待ち構えていた松前《まつまえ》が、祐介たちに手招きする。

「遅くに申し訳ありません」

「いや、いいんだ。それより、こちらは？」

一人だけ見知らぬ顔があることに、松前が疑問を投げかける。

「知り合いの刑事です」

祐介が短い言葉で説明すると、石堂が小さく頭を下げる。

「刑事？　もう警察に話してしまったのかい？」

「これからの状況次第では話さないわけにはいきませんが……」

芹沢が自供を翻《ひるがえ》した場合や、支店長がまだ祐介に責任を被せようとした場合には、黙っていないことを祐介は暗に示した。

「そうならないよう、支店長には話してるんだがね」

松前の態度はどこか他人事《ひとごと》のように感じられる。不祥事を起こしたのは芹沢で、今回の事件に限れば蚊帳《かや》の外に置かれていたのだから、むしろ、高みの見物を決め込める立場なのかもしれない。

「副支店長はいつから芹沢課長が怪しいと思っていたんですか？」

祐介の問いかけに、石堂に腕を摑《つか》まれ項垂《うなだ》れていた芹沢も驚いたように顔を上げる。欠片《かけら》も自分が疑われていたとは感じていなかったようだ。

「消去法だよ。もっとも証拠がなくて、君には言えなかったが」

以前なら素直に聞き入れられた言葉も、今は言い訳にしか聞こえない。芹沢の名前は出せなくても、自分以外に怪しい人間がいるというだけでも、祐介の救いにはなったのだ。松前が言わなかった理由はわからないが、祐介を安心させることよりも他の何かを優先したのは間違いない。

そんな話をしているうちに支店長室の前に辿《たど》り着いた。松前が代表してドアをノックする。

「二ノ宮くんが到着しました」

そう言いながらドアを開けた松前に続き、全員で中に入る。

数日ぶりに会った支店長は、前回よりもさらに険しい表情をしていた。いや、むしろ、強ばっているふうに見えた。

「芹沢くん、本当なのか？」

厳しい口調で問い詰められても、芹沢は項垂れたままで何も言わない。否定しないことが認めている証拠なのに、支店長は信じたくないらしい。

「どういうことなんだ、誰か説明してくれないか」

この場にいる全員に支店長は視線を巡らした。やはり、答えられるのは、一番の当事者である祐介しかいないだろう。

「簡単な話です。横領をしたのは芹沢課長で、俺に罪を着せようとしただけです」

「まさか、そんな……」

事実を突きつけられても、支店長は呆然《ぼうぜん》と呟《つぶや》くだけで、祐介への謝罪はなかった。

「まあ、自分の目が節穴だったなんて認めたくないのはわかるけど、支店とはいえ、トップに立つ人間がその態度じゃ、下に示しがつかないんじゃないですかね」

突然、口を挟んだ石堂に、支店長はようやくこの場に部外者がいることに気付いた。

「君は誰だ？」

「ああ、失礼」

問いかけられ、石堂は尊大な態度で詫《わ》びると、胸ポケットから警察手帳を取り出し、支店長に向けて中を開いて見せた。

「警視庁の石堂です」

その答えを聞いて、支店長がはっと息を詰まらせる。

「あくまで個人的に付き添ってもらっただけですが、支店長がまだ俺を犯人扱いして、芹沢課長を庇《かば》うようなら、個人的ではなくなりますよ」

「そんなことをするはずがないだろう。これまでも私は公正に処分を下してきたつもりだ」

祐介の脅しを受けて、支店長はそらぞらしい言葉を口にする。だが、これで芹沢の処分は決まったようなものだ。

「これで俺の自宅待機は取り消しですね?」

「ああ、もちろんだよ」

支店長の態度が、若干、媚《こ》びたように感じるのは、隣に刑事の石堂がいるからだろう。やはり、石堂を連れてきて正解だった。祐介だけで来ていれば、きっとこんな簡単には話が進まなかったに違いない。

事件はこれで全て終わった。僅《わず》か一週間足らずの出来事だったが、やたらと長く感じて、祐介は知らず知らず深い溜息《ためいき》を吐いた。

「支店長、後のことは私たちですることにして、二ノ宮くんたちには帰ってもらってはどうでしょうか?」

松前が支店長に進言したのは、芹沢の処遇を銀行幹部たちで話し合うためだろう。それには祐介たちがいては邪魔になるというわけだ。

「そうだな。二ノ宮くんにこれ以上、手間を掛けさせては申し訳ない」

体《てい》の言い追い出し文句を口にされたが、祐介としてもいつまでもここに残っていたいわけではない。反論する理由はなかった。

「明日から、またいつもどおり出勤してくれるかな」

「いつもどおり……、ですか?」

銀行内では祐介が横領をしたのだと決めつけた噂《うわさ》が流れていたはずだ。それなのに、いつもどおりに出勤などできるのか。祐介は疑わしそうに問い返した。

「芹沢くんがいなくなるのに、君まで来てもらえないとなると業務に差し障りが出てくるだろう」

支店長は祐介の疑問の本当の意味には気付かず、見当違いの答えを返してきた。だが、同僚に迷惑をかけるのは本意ではない。

「わかりました。それでは、明日から出勤します」

祐介は了解した上で、最後に失礼しますと挨拶《あいさつ》をして、石堂とともに支店長室を後にした。

行内は驚くほど静かだった。おそらく今のやりとりを他の行員に気付かれないよう、残業していた行員も先に返しておいたのだろう。表沙汰《ざた》にしないよう、銀行の体面ばかりを気にする支店長たちの対応に、つくづく呆《あき》れかえるばかりだ。

「二ノ宮くん」

何か言い忘れたことでもあるのか、松前が追いかけてきて祐介を呼び止める。

「今回の一件、芹沢くんが犯人だということも含めて、こちらから何か発表があるまでは公言しないでもらいたい」

「上層部が何も言わない間は、黙って犯人扱いされてろってことですか？」

「まさか」

松前はオーバーな仕草で肩を竦《すく》めると、

「君の名誉は私が何としてでも守ろう」

ここぞとばかりに頼れる上司風を吹かせる。祐介はそれに対して反論はしなかったが、見つめ返す視線は冷ややかになっていた。けれど、石堂は黙っていられなかったようだ。

「そうやってまた恩を売りつけるのか?」

「なんだ、君は?」

松前は露骨に不快感を示し、石堂を睨《にら》み付ける。

「あんたが親切めかしてコイツに近づいたのは、ただ恩を売りたかっただけだろ。下心が見え見えなんだよ」

「君の友人は随分と失礼な男だな」

松前が石堂に当てこするような言い方で祐介を窘《たしな》めてくる。これまでなら部下として頭を下げていただろう。だが、今は欠片も石堂を責めるつもりはなかった。

「真犯人を知っていたのに言わなかったのは、コイツが土壇場まで追い詰められたところで白馬の王子よろしく助けるつもりだったか? そうすりゃ、コイツも逆らえないだろうってな」

「……君はどこの署だ? 名誉毀損で訴えるぞ」

一瞬、松前の反論が遅れた。それが祐介には図星だったからだとしか思えない。これまでに得た情報を整理すれば、まず間違いないだろう。

「好きにすればいい。それなら俺はお前が下心丸出しでコイツを撫《な》で回してたって証言するだけだ」

「なっ……」

石堂の脅しに松前が顔を真っ赤にして言葉を詰まらせる。副支店長である松前も体面を気にする立場だ。証拠がなくても、そんなことを噂されるだけでも世間体が悪くなる。それくらいのことは考えなくてもわかったようだ。

「と、とにかく、むやみに公言して回ることのないように」

「わかりました」

今度は祐介も素直に聞き入れた。自分の冤罪《えんざい》さえ晴らせれば、後はどうなろうがどうでもよかった。それに公言して回れるほど、世間話をする付き合いはないのだ。

「これでもうあいつもお前にちょっかいかけてこないだろう」

立ち去る松前を見送りながら、石堂が満足げに呟く。

「やり過ぎじゃないのか？　本当に訴えられたらどうするつもりだ？」

「男相手にセクハラしてると言われましたって訴えるのか？　あいつにできるわけないだろ」

松前をやりこめたのが嬉《うれ》しいのか、石堂が声を上げて笑い出す。

自分が絡んでいることで、笑い事でないのはわかっているが、それでも祐介は口元を緩めずにはいられなかった。いつもは紳士然としている松前のあんな焦ったところを見たのも初めてだったし、こんなことで喜ぶ石堂が子供っぽくも見えたからだ。

「けど、あれでよかったのか？」

銀行を出たところで、石堂が納得できないように尋ねてくる。

「芹沢課長のことか？」

「ああ。お前を殺そうとしたんだぞ」

現場を見ていないのに、というより現場に立ち会えなかったから、石堂は余計に怒りが増しているように見えた。

「本気で殺すつもりだったのか微妙だからな。計画が杜撰《ずさん》すぎる」

現にあっさりとねじ伏せることができたわけだし、自棄になっていたにしても、確実に殺すつもりならもっと他にいい方法があったような気がする。

「だから、許すって？」

「許すというより、どうでもいいだな。俺があの人に会うことはもうないだろう」

おそらく芹沢が銀行に顔を出すことはないはずだ。横領犯とわかったのだから、引き継ぎも何もあったものじゃない。そうなれば、今更、芹沢について何か思ったところで、無意味でしかない。

「そうじゃなくて、他にもっと何かあるだろ。少なくとも何年かはお前の上司だったんだ」

「だっただ。もう過去の話だろ」

素っ気なく答えた祐介に、石堂が呆れたようにこれ見よがしの溜息を吐く。

「それに、今回のことは、俺の人を見る目がなかったことも原因なんだ。富野《とみの》さんはほんの少ししか見てなくても、すぐに課長を小悪人タイプだと言い切った」

石堂に対して弁解しようとしたのではない。芹沢を庇いたかったわけでもない。ただ、公園で無様にへたり込んだ芹沢を見たとき、この男の本質を見抜けなかった自分が歯がゆかっただけだった。

「富野さんと比べてどうするよ」

「確かに富野さんは優秀な探偵だけど、それと比べるまでもなく、俺は人を見ていなさすぎた。もし、もっと人と関わりを持っていれば、課長も俺に罪を着せようとしなかっただろうし、そもそも事件を起こさなかったかもしれない」

「それは言い過ぎだ」

「そうか？」

祐介はこれ以上、何が不満だと首を傾げる。

「まあでも、他人に興味を持たないってよりはマシか……」

石堂が独り言のように呟き、祐介がそれに答えようとしたとき、携帯電話の着信音が鳴り響いた。

「俺だな」

石堂が嫌そうに顔を顰《しか》めて応対に出た。

「はい、石堂。……ええ、はい、わかってますよ」

うんざりした顔で答える様子を見ていると、どうやら署からの電話のようだ。事件の呼び出しには応じるらしいから、それ以外の何か石堂が苦手とする事務作業でも残っているのだろうか。

「悪い。署に戻らないといけなくなった」

「別に悪くないだろ。それがお前の本来の仕事なんだし」

むしろここまで付き合ってもらえただけで充分だ。電話が鳴るのがもっと早ければ、こんなにスムーズに運ばなかっただろう。だが、感情が表に出づらい祐介の表情を見るだけでは、石堂への感謝の気持ちは読み取れなかったようだ。

「お前な。引き留めるとかないのかよ」

「なんで俺がお前を引き留めるんだ?」

祐介の質問に、石堂が気分を害したように顔を顰めた。

今日の午後、待機していた間に富野から言われたことを思い出す。石堂は祐介の前ではポーカーフェイスが崩れやすいらしい。

「お前、俺相手だとどうして、そんなに怒りやすくなるんだ? 俺に何かあるのか?」

祐介は口にしなかったが、まだちゃんとした理由を聞いていないあの夜のことも、石堂の不可解な態度に隠されている気がした。

「本当にわからないのか？」

「何が？」

「もういい。お前は勝手に帰れ」

完全に怒った様子で、石堂は祐介に背を向けて歩き去った。

どうして、石堂は怒り出したのか。祐介には理解できず首を傾げるしかなかった。

7

慣れない仕事ばかりで、二週間はあっという間に過ぎた。まだまだこの生活に完全に馴染むことはできないが、それでも、日常生活のリズムは摑《つか》み始めてきたところだ。

祐介が作業の手を止め、一息入れようかと席を立ったとき、

「二ノ宮」

怒鳴り声とともにドアが開き、険しい表情の石堂が駆け込んできた。

「騒々しいな。何事？」

ソファに座っていた富野が、呆れ顔で問いかけた。祐介はその様子を自分のデスクから眺めていた。

「何事はこっちが聞きたい。どういうことなんだ？」

石堂は問いかけた富野にではなく、まっすぐ祐介を見つめて詰問する。

「どういうことも何も、お前が何をそんなに怒ってるのかがわからないんだが」

明らかに祐介に向けられた質問だから、仕方なく祐介は冷静に答えた。

「わからないわけないだろ。なんで黙って銀行辞めて、引っ越しまでしてるんだ。おまけにここを継ぐなんて話も聞いてないぞ」

「そりゃ、言わなかったからな」

祐介は当たり前だろうと、富野と顔を見合わせて肩を竦め合う。

祐介が辞職願を出したのは、事件が解決した翌日のことだ。自分が疑われたこともそうだが、そのときの銀行の対応に信頼ができなくなった。自宅待機中に未練は微塵《みじん》もなくなっていたから、犯人扱いされたことを盾にして、辞表提出後、僅か三日で退職した。

「なんで言わなかった？　何度も電話はしてただろ」

「聞かれなかったからだ」

「お前な……」

殊更に冷たい態度を取る祐介に、石堂がさらに何か言おうと口を開きかけたが、富野が笑顔で制した。

「そんなに電話してたんだ。うちには顔も出さなかったのにね」

「事件の捜査で寝る暇もなかったってのに、ここに来る時間があるわけないだろ」

石堂がムッとした顔でぼやいた。

あの日、銀行の前で石堂が受けた電話は、報告書を書き上げろという催促だったのだが、その後すぐに殺人事件が発生した。凶悪犯人を野放しにはできず、刑事の石堂が捜査にかかりきりになるのは当然のことだった。

「で、事件は解決したの？」

「ああ。犯人は逮捕した。俺にしちゃ、時間がかかったけどな」

嘯《うそぶ》く石堂を見て、祐介と富野は顔を見合わせて苦笑いする。

「やっと落ち着いたと自宅を訪ねたら引っ越してるわ、電話には出ないわで、わざわざ銀行にまで行ったんだぞ」

「頼んでないのに、恩着せがましく言われても困る」

祐介は困惑顔を作って見せた。こういう展開になるだろうと、富野が予想したとおりだ。だから、対応も考えていたとおりにしてみた。

「二ノ宮くんのこと知りたいなら、うちに聞きに来ればよかったじゃない」

「まさか、ここで働くことにしたなんて、思ってもみるかよ」

よほど内緒にされていたのが腹立たしいのか、石堂は祐介と富野を交互に睨み付ける。

「それなら、俺がここにいるって、どうしてわかったんだ？」

「俺は刑事だぞ。お前の住所を調べるくらいわけない」

祐介の問いかけに、石堂は何故か偉そうに答えた。

「職権濫用してるのに、その態度はどうなの？」

「俺は今、コイツと話してるんだ。富野さんはちょっと黙っててくれ」

ムッとした石堂に遮られ、富野は軽く肩を竦めてみせる。

「だいたい事務所を畳むって言ってたんじゃなかったのかよ」

「それは俺に聞いてる？　黙ってなきゃいけないなら、答えられないんだけど」

富野から棘《とげ》のある言葉を連発され、石堂が助けを求めるように祐介に視線を移してきた。

「二ノ宮、どういうことだ？」

石堂ははっきりと祐介に尋ねてきた。誰に質問しているのか明らかにしないと、さっきから富野に先手を打たれ、聞きたいことが全く聞けていないことに業を煮やしたのだろう。

「俺が富野さんに頼んだんだ。面倒なことは全て引き受けるから、この事務所を続けさせてほしいってな」

「そういうこと。だから、所長は二ノ宮くん」

「お前が所長？」

石堂が訝《いぶか》るのも無理はない。祐介自身、所長という自分には不似合いな肩書きを重く感じていた。

「富野さんがここに残ってくれるための、唯一の条件がそれだから、呑むしかないだろ」

「そこまでして、俺に残ってほしいなんて言われると、断れないよね」

石堂に向けるのとはまるで違う、優しい微笑みを浮かべた富野がまんざらでもない口調で言った。

「だからって、引っ越しまですることはないだろ」

「前のマンションからだと通勤時間が長くなる。ちょうど更新時期だったから、近くに越してきたんだ」

決めたのが急で、そのため引っ越しは随分と慌ただしかったが、富野や新家が手伝ってくれたおかげで、なんとか無事に済んだのは、実は一昨日のことだった。石堂にはこれから知らせようかと思っていたのだが、富野はそうは言わせなかった。

「そもそもさ、二ノ宮くんがいつ引っ越そうが、どこで働こうが、君には関係ないんじゃないの?」

「なくはないだろ」

「そう?　どこが?」

富野から改まって尋ねられ、石堂が答えに詰まる。

祐介と石堂の関係を言葉で説明するのは難しい。父親の知り合いというだけなら祐介とは無関係になるし、ただ一度、寝ただけのことも、関係性を示す言葉とは結びつけられない。

「そろそろはっきりしたら?　忙しいのに電話だけはかけてきて、だからって、何を言うわけでもなく、ただの近況伺いだけされてもねえ」

富野が徐々に石堂を追い詰めていく。

祐介が正式にこの事務所の一員となっての二週間のうち、石堂からの電話を受けたのは五回、いたのだ。

その全てのとき、隣には富野がいた。そして、会話の内容を教えると、最後には呆れかえって

「普通は態度でわかるだろ」

一方的に責められ、石堂はふてくされたように答えた。

「普通ならね」

そして、富野の視線は普通ではない祐介に注がれる。

「色恋のコーチをしてやるなんて口説き文句、初心者に通じると思う?」

富野に同意を求められ、祐介は気恥ずかしさから苦笑いを浮かべるしかない。

石堂から何度も意味のない電話を受ける度、祐介はその意味がわからず、富野に意見を求めた。富野からは石堂の行動の理由を探るため、石堂との間に交わされた会話を思い起こしてみるといいとアドバイスを受けた。それで、整理するためにも記憶を辿りながら、富野にもいろいろと話したのだ。

「お前、なんでそんなことまでぺらぺら喋《しゃべ》ってんだよ」

「知られて困るようなことをするほうが悪い」

富野は厳しい口調で石堂を窘める。

「そっち方面初心者の二ノ宮くんに、やりすぎでしょ」

「お前、どこまで話したんだ?」

呆れるあまり、さっきまでの怒りはどこかに吹き飛んだらしく、石堂は脱力した様子で祐介に尋ねる。

「どこまでって、全部」

あっさり答える祐介に、石堂は呆気《あっけ》に取られて返す言葉もないようだった。口止めをしなかったくせに、知られていないと思うほうが祐介には不思議だった。

「普通は言わないだろ」

「悪かったな。普通じゃなくて」

「お前、そういうひねくれた言い方もするようになったのかよ」

石堂が嫌そうに目を細めて指摘する。

「石堂くんが言わせてるんじゃない？　俺にはそういう言い方しないから」

「言われてみるとそうですね」

最初から富野には恋愛感情ではない好意を抱いていたような気がする。常に穏やかな笑顔で接してくれたのと、石堂のように父親と比較することがなかったのもあるのだろう。

「富野さんに懐《なつ》きすぎだろ」

「いい大人が妬《や》かないの」

石堂のぼやきに、富野が即座に反応して冷やかす。それに石堂が反論しようとした瞬間、遮るように明るい声が響き渡った。

「お待たせしましたー」

微妙な空気が漂っていた事務所内の雰囲気が一瞬で変わる。石堂が来る前に頼んでいた富野の出前を新家《あらや》が届けに来たのだ。

「えっと、あれ、なんか揉《も》めてます？」

新家がキョロキョロと三人の顔を見回して、誰にともなく問いかける。

「揉めてないよ。石堂くんが一人で空回ってるだけ」

「そうなんですか」

富野の返事で納得できたのか、それとも深く追及して巻き込まれるのが嫌なのか、新家は話を終わらせ、応接テーブルの上に料理を並べた。

「お前、ここで働くってことは、探偵になるのか？」

新家が来たことで、石堂は気を取り直したように言った。

「ああ。向いてるかどうかはわからないが、しばらく修業してみるつもりだ」

父親の職業だったからではない。いざ自分が困った立場になってみて、探偵である富野には随分と助けられた。もちろん、刑事の石堂の力もあったが、それは祐介が野間《のま》の息子だからであって、そうでなければ助けは得られなかっただろう。だから、祐介は公的機関に助けてもらえない人間を助けられる探偵になりたいと思った。生活の糧を得るためではなく仕事を決めたのはこれが初めてだった。

「そうだ。お前、ここに来たってことは暇なんだよな？」

祐介は今、思いついたとばかりの様子で話を変え、石堂に問いかける。

「暇じゃない。ちょっと時間ができたから寄っただけだ」

相変わらず暇呼ばわりは気にくわないらしいが、石堂は手が空いていることは認めた。

「少し付き合わないか？」

「どこへ？」

「父親と親しかった元同僚のところだ」

祐介の答えに、石堂は露骨に驚いた顔を見せた。

「俺の探偵としての初仕事だ。もっとも依頼人は俺だけどな」

祐介は自分を見つめる富野の視線に気付き、照れ笑いを浮かべる。

探偵事務所の一員になって、祐介はまず途中だった両親の調査を続行することに決めた。事務所としては依頼人がなければ動けない。だから、自分が依頼人になった。

石堂が母親の元同僚を調べてくれたときは早かった。刑事の石堂と同じようにできるとは思っていなかったが、それにしても時間がかかった。富野からノウハウを学びながら、地道に『日同《にちどう》証券』の社員たちと接触していき、ようやく野間をよく知るという元同僚に行き着いたのだ。

「付き合うに決まってるだろ」

野間が絡むこととなると、石堂の行動は早かった。さあ行くぞとばかりに、もう歩き出している。

「すみません。じゃあ、ちょっと行ってきます」

「頑張って」

富野と新家に見送られ、祐介は石堂の後を追いかけた。

「早く行くぞ」

既に廊下に出ていた石堂が、偉そうな態度で祐介を急かす。

「お前、当然、車で来てるんだろうな?」

「それが目当てかよ」

祐介の問いかけに石堂が鼻白んだ様子を見せる。

「当てにしてなかったとは言わないが、お前には見せたほうがいいだろうと思った」

「見せるって、何を?」

「父親の本当の姿をだ」

野間に対して、祐介は悪い印象しかなかった。その正反対で、石堂は憧れを抱くほど、いい印象しか持っていない。それはそれであまり良くないことのような気がしていた。故人を貶《おとし》めるつもりはないが、そもそも野間も偶像化されることは望んでいないはずだ。

「まさか、お前にそんなことを言われるとはな」

石堂は苦笑いしつつも、同行する意思は変わらないらしく、車まで祐介を導く。

これから会う相手は、まだ日同証券に勤めている。今日は平日だから、昼休みならと応じてくれた。

木下憲和《きのしたのりかず》というのが野間と親しかった一つ下の後輩社員の名前だ。野間が辞めるときまで同じ部署で働いていたという。

スキャンダルで辞めた社員の話をするというのに、木下が待ち合わせ場所に指定したのは本社ビルのロビーだった。もう誰も気にしないくらい昔の話だと思われているのだろう。

車を走らせること一時間、丸の内《まるのうち》にある日同証券本社ビルの前に、祐介たちは到着した。

「親父さんより一つ下なら、あの男くらいか」

木下の姿を探すためロビーを見渡していた石堂が、祐介に小声で話しかけてくる。

「だろうな。他にそれらしい人はいない」

祐介も同意見で、二人はソファに座っているその男目指して歩き出した。それに気付いて男が腰を上げる。どうやら木下で間違いなかったようだ。

「二ノ宮さん?」

間近まで迫ったところで、木下が問いかけたのは、明らかに石堂だった。

「二ノ宮は俺です」

祐介は苦笑して答えてから、石堂を紹介する。

「こっちは父と同じ職場で働いてた石堂です」

祐介は刑事という職業を意図的に隠した。余計な詮索《せんさく》を受けそうな気がしたからだ。

「ああ、そうなんだ。なんとなく若い頃の野間さんに雰囲気が似てたから」

その言葉を受けて、石堂がほんの僅かだが口元を緩めた。父親として慕っていた野間と似ていると言われたことが嬉しいようだ。

「しかし、野間さんの息子かぁ。あのときの子供がこんなに大きくなったんだな」

三人で座り直してから、木下はしみじみとした口調で言った。

「あのときのことって、母親がここに乗り込んだ話ですか?」

「知ってたんだ?」

「あなたの前に、母親の元同僚の方にも話を聞いたので……」

「ああ、なるほどね」

木下は納得したように頷《うなず》く。

「野間さんの女性関係が派手だったのは、社内では有名だったから、俺たちはそんなに驚きはしなかったんだが、会社としてはそうも言ってられない。だから、四国の支店に異動を命じたってわけだ」

「それが嫌で自ら辞表を?」

「まあ、それもあったんだろうけど……」

木下の返答は歯切れが悪かった。

「それ以外にも何か理由があったんですか？」

「そのとき野間さんはちょうど三十で、転職するにはキリがいい年だとか言っていたよ」

初めて聞く情報に、祐介と石堂は思わず顔を見合わせた。

「元から転職願望が？」

「あったみたいだね。酒の席で冗談めかしてはいたが、何度か聞かされたから」

「それじゃ、母のせいってだけでもなかったんですね」

「そんな誤解していたのか？　違う違う」

木下は慌てた様子で首を横に振った。

「乗り込んできたことには怒ってなかったね。きちんと話をつけられなかった自分の責任だし、そういう激情型の女性だと気付けなかった自分のミスだって、笑って言ってたくらいだから」

木下の口ぶりでは、野間は母親の所行について、さほど気にしていなかったように感じられる。

「野間さんは性格的なものなのかな、一人の女性と付き合うってことができなかった。だから、最初からそれでもいいならという条件付きで、女性と付き合っていたんだよ」

それで母親は自分も遊んでいる振りをしていたのかと、祐介は改めて納得した。結局、野間は騙《だま》されたようなものだ。そういう付き合いをしていたのなら、きっと避妊には気をつけていたはずだ。母親はそれら全てを無視して、野間を独り占めするために祐介を身ごもったというわけだ。知れば知るほど、野間への同情が強くなっていく。

「退職してから会ったことは？」

「一年後くらいだったかな。偶然、街ですれ違って、それで少し話したんだけど……」

そう言った木下は、一瞬、間を取って、祐介を見つめる。

「何か？」

「父親にはなれないけど、あのときの子供は産まれたと教えられた」

「ならないじゃなくて、なれないと言ったんですか？」

「俺もそこに引っかかったからよく覚えてる。間違いないよ」

以前、石堂が言っていた父親の資格という言葉を祐介は思い出す。そんな資格が必要だとは思わないのだが、野間にとっては譲れないラインだったようだ。

「野間さんはちゃんと君を自分の息子だと認めてた。でも、それを彼女に伝えなかったのは、父親としての責任を果たせないと思い込んでいたからだろうな」

遠い昔話を語る木下の目には、どこか哀れみの色が宿っているように見えた。それは目の前にいる祐介にではなく、もうこの世にはいない野間に対してのものに違いない。

「そう思い込む理由はなんだったんでしょう？」

「育った家庭環境だろうね。野間さんの父親も女性関係が派手な人だったらしい。それでトラブルが絶えなかったそうだ。笑いながら血筋だと言っていたが、それで苦しんでいた母親を見て育ったから、自分は結婚も父親になることもしないほうがいいと思っていたみたいだよ」

「女癖は直らないものですか？」

そもそも女性に興味のない祐介には理解しがたく、木下に尋ねる。

「頭で考えてできるものじゃないから、難しいんじゃないかな」

「確かにオヤジなのにモテてたよ」

隣から石堂が口を挟む。

「常に女性の影はあった。もっとも年のせいか、最近は少し落ち着いたみたいだったけどな」

「それじゃ、直ってなかったわけだ」

息子の台詞《せりふ》に石堂と木下が苦笑いする。だが、祐介は皮肉ったつもりも、呆れたわけでもなかった。ただ、さっき自分がした質問の答えが得られたことに納得しただけだ。

「野間さんの考えはともかくとして、父親だと認めてるのなら、認知くらいはしてもよかったと思うんだけどね。父親が誰かわからないと君も苦労しただろう？」

「今にして思えば、そういう意味の苦労もあったのかもしれません」

祐介は過去を振り返る。子供の頃から祐介はクラスメイトたちが語る父親の話には入れなかった。答えられないから尋ねられるのが嫌で、寡黙になっていたところもあったような気がする。

「でも、恨んではいないですよ」

「本当に？」

「むしろ、名前だけ知っていたほうが、恨む対象ができて恨んでいたかもしれませんね」

「そういう考え方もあるんだ……」

木下は感心したように言った後、

「野間さんの意志はちゃんと子供に伝わったってことなのかな」

妙にしみじみとした口調で言われ、祐介が小さく笑う。

野間は全くの無責任で祐介を見捨てたわけではなかった。世間的に正しい方法かどうかはともかくとして、野間なりに産まれてくる子供のことを考えていたのだ。それを知ることができただけでも充分だった。

「今日はありがとうございました」

祐介が深々と頭を下げると、隣にいた石堂の頭が同じ高さまで下がってきた。

木下と別れ、また車に乗り込んでから、祐介がこっそりと盗み見た石堂の横顔は、妙にスッキリしているように見えた。

「事務所に戻ればいいのか？」

「いいや、今日はもうこれで終わりだ。俺の依頼も終わったし、引っ越したばかりでまだ片付いてないから、今日は直帰することにしてた」

「なら、送る。今の家はどこだ?」

引っ越し先の住所はまだ石堂には教えていない。問いかけられるのは当然なのだが、祐介は返事に迷った。

「俺に自宅を知られるのが嫌なのか?」

「そういうわけじゃないが……」

「だったら、なんだ?」

「教える必要はないんじゃないか? もう父親のことは片付いたわけだし」

祐介の答えに、石堂はこれ見よがしの溜息を吐いた。

「別の問題が残ってるだろ。大事な問題がな」

「大事な問題?」

「もういい。俺の家に行く」

問い返した祐介の態度に、石堂は苛立《いらだ》ったように話を打ち切った。そして、車を事務所ではない方角に向かって走らせ始める。行く理由はなかったのだが、別の問題が気になって断れなかった。

「お前の家って、警察の独身寮じゃないのか?」

「絶対に入らなきゃいけない決まりはない。それに俺は都内に自宅があるからな」

そういえば、石堂の亡くなった両親は資産家だったと、新家から聞いたことを祐介は思い出す。

「親が住んでた家か？」

「それは広すぎるんで売り払った。今はマンションだ」

石堂は簡単に答えるが、おそらく祐介の暮らす賃貸マンションとは雲泥の差があるに違いない。なにしろ、探偵事務所の常連になるくらい、依頼を持ち込んでも平気な資産が石堂にはあるのだ。

実際、三十分足らずで到着した石堂のマンションは、目を見張るほど立派な建物だった。

「いわゆる億ションってやつか？」

地下駐車場から乗り込んだエレベーターの中で、祐介は問いかける。

「まあ、それくらいだな」

石堂はたいしたことがないかのように、あっさりと認めた。それだけの資産がありながら、どうして、石堂が刑事などしているのか、祐介には全く理解できない。

さすがに億単位のマンションだけあって、エレベーターから降り立った廊下でさえ、高級感が漂っていた。その廊下を歩いて一番奥が石堂の部屋だ。

「綺麗《きれい》にしてるんだな」

室内に招き入れられた祐介は、その豪華さよりもまず埃《ほこり》一つなさそうな片付いた部屋に驚いた。

「週に一度、ハウスキーパーに入ってもらってる」

　こともなげに答えられ、祐介は言葉に詰まる。たいして使わない部屋なら、ここまで綺麗に保つ必要もなさそうだが、きっと長年の習慣に違いない。そして、それをするだけの資産があるということだ。だからこそ、野間や富野も気にすることなく、石堂からの依頼を引き受け、依頼料を受け取れたのだろう。

　親が残した遺産をもっと有意義に使ったほうがいいとは思うが、それを祐介が語るのもおかしな気がして、それ以上は何も言わなかった。

　間取りとしては2LDKだが、一つずつの広さが違う。二十畳近くありそうなリビングのソファを勧められ腰を下ろしたものの、慣れていない豪華な部屋はどうにも落ち着かない。

「それで、別の問題っていうのは？」

　早く帰るには早く問題を片付けることだと、祐介は自ら話を切り出した。

「俺とお前のことに決まってるだろ」

「何かあったか？」

　問いかけた祐介の目の前が不意に暗くなった。石堂が覆い被さってきたからだと気付いたのは、また唇を塞がれた後だった。

　だが、石堂にキスを長引かせるつもりはなく、祐介が呆気にとられているうちに石堂の顔は離れていった。

「まさか、何があったか、忘れてないよな？」

「忘れられるわけないだろ」

仮に忘れていたとしても、今のキスで全てが甦《よみがえ》った。石堂がどうやって触れたのか、舌の熱さや唇の柔らかさ、そして、祐介の中を抉《えぐ》った凶器の固さや熱も、何もかもが鮮明だった。理性などなかったはずなのに、どうしてこんなに覚えていられるのか不思議だ。

「だったら、どうして何も言わない？　何もなかったような顔をするんだ」

「俺に何が言える？　どう対処していいのかわからないのに、黙っているしかないだろ」

「やっぱり、俺が言わないと駄目ってことか」

石堂は呆れた顔で頭を掻《か》くと、

「お前、何か武道をやってるよな？」

急に話を変えて質問してくる。おそらく、芹沢を組み伏せたときのことを思い出して言っているのだろう。

「高校卒業まで空手をしてた」

隠すことでもないから、祐介は正直に答えた。その質問に深い意味などないと思っていた。

「だったら、どうしてあのとき俺をはねのけなかった？　俺のされるままに身を預けたりしたんだ？」

「別にそういうわけじゃ……」

はっきりと否定したくても、できないのがもどかしい。あのときの自分はどうかしていた。初めての経験が祐介から抵抗力だけでなく、理性も奪い去ったとしか思えない。

「それじゃ、今なら押し返せるよな?」

石堂はそう言いながら、祐介の両肩を摑んだ。そして、そのまま祐介をソファに押し倒そうとする。

「はねのけないのか?」

できるはずだと聞こえる問いかけに、祐介は答えられない。近づいてきた石堂の体の熱が感じられ、それが祐介の抵抗力を奪う。

「お前が拒まないなら、俺はまたお前を抱くぞ」

生々しい言葉に体が熱くなる。それでも、祐介は動けなかった。

石堂に抱かれたいと願っているわけではない。あの夜も突然のことに対処できなかっただけだ。それなのに、抵抗する理由が見つけられなければ、押し返す力も湧《わ》いてこないのだ。

「いいってことだな。だったら、今度は勢いじゃないって証拠に、ソファなんかじゃなく、ベッドでじっくりと抱いてやる」

そう言うなり、石堂は祐介を横抱きに抱え上げた。

祐介がいくら細身でも、決して軽くはないのに、石堂は危なげない足取りで、隣の部屋へと祐介を連れて行く。そこが寝室だというのは、大人二人が楽に並んで眠れそうなほど大きなベッドが備えられていることでわかった。

石堂が慎重に祐介をベッドに横たえると、すぐさま覆い被さってきた。

石堂の顔が近づいてくる意味は、簡単にわかった。祐介の視線は石堂の唇に注がれる。それが向かう先は、一ヶ所しかない。

「んっ……」

予想どおり唇が重ねられ、その瞬間、息が漏れる。キスをされている間、呼吸ができないからと、慌てて息を吸い込んだせいだ。

祐介の顔の両側に手を着き、石堂はじっくりと味わうようにゆっくりと舌を差し込んできた。前回のキスで嬲《なぶ》られていたせいか、感じさせられるのは早かった。舌に歯列をなぞられただけで、体から力が抜けていく。

それに気をよくしたのか、石堂は立て続けに性感帯を責め立て、祐介の口中を蹂躙《じゅうりん》する。そのあまりの荒々しさに思わず顔を背けようとした。だが、石堂の右手がそれを許さない。顎《あご》を摑んで引き戻され、舌を絡め取られる。

「ふ……っ……う……」

ようやく解放されたときには、すっかり息が上がっていて、呼吸を繰り返すしかできなかった。一方で石堂は余裕たっぷりの表情で、笑みさえ浮かべて祐介を見下ろしている。

「どうして、お前が俺を拒絶できないのか、教えてやろうか？」

石堂に上から目線で問いかけられ、悔しいが答えを知りたくて祐介は無言で頷く。

「そりゃ、お前が俺に惚《ほ》れてるからだ」

斜め上の理論に、祐介はすぐには意味が理解できなかった。そして、ようやく理解できた瞬間、さっきまでの熱まで冷めて、呆れかえって冷たい視線を向ける。

「馬鹿か？」

「ひどい言われようだな」

「そりゃ、そうだろ。どこに惚れる理由があるんだ？」

祐介は納得できないまま問いかける。石堂とはほとんどいがみ合ってしかいなかったような気がするし、おまけに知り合ってからまだ一ヶ月も経っていないのだ。

「それなら、聞くが、お前、今まで誰かに惚れたことがあるのか？」

真っ正面から尋ねられ、祐介は言葉に詰まった。二十七年間、誰とも交際経験がないだけでなく、初恋すら未経験だった。人に興味を持てないから、好きになるという感情も知らないままだった。石堂はそれすら見抜いていたようだ。

「ないんだろ。だから、気付いてないだけだ。自分の気持ちにな」

決めつけたように言われても、実感がまるで湧かない。だが、これが好きになるという気持ちだとしたら、随分と歪《いびつ》なものだ。

「どうしてそう言い切れる？」

「お前は俺にだけ当たりが強い」

「まあ、確かに」

祐介は素直に認めた後、

「だが、それはお前の態度があまりにもひどかったからだ」

これまでの石堂との関わり方を思い出し顔を顰めた。

「そうじゃないだろ。お前、相手の態度が悪かろうが、いつもなら、どうでもいいと流してるはずだ」

何もかも見透かしたかのような物言いに、祐介は腹が立ったが、事実だから反論できない。

それに、経験のなさのせいなのか、言い募られるとそうなのかという気になってしまう。だが、もしそうだとすれば、この体勢はおかしい。惚れているほうが相手を押し倒したくなるものではないのか。いくら経験がなくても、それくらいはわかる。

「納得したか？」

「仮にそうだとしても、お前のこの行動が理解できない」

「わかれよ」

石堂ががっくりと項垂れ、祐介の首の辺りに顔を埋めた。

互いに服を着たままだから、体を重ね合わせても、直接、体温が伝わってはこない。それでも密着した体から、充分に石堂が熱くなっているのはわかった。

「俺は……男を抱きたいと思ったのは初めてだ」

何か決意したような声がすぐ近くから聞こえてくる。顔を上げないのは、表情を見られたくないからだろうか。

「それって、どういう意味だ?」

「そこまで説明しなきゃいけないのかよ。これが焦らしてる作戦じゃないってんだから、厄介だな」

石堂は顔を上げると、眉間に皺を寄せて険しい顔を見せた。

「最初は親父さんの息子だから気になるだけだった。だが、何度もお前を見に行くうちに、たまらなく切なくなった」

「切ない?」

予想外の言葉が祐介を戸惑わせる。

「お前はいつも一人だった。親父さんは自然と周りに人が集まるような人だったから、余計にお前が一人でいるのが苦しかった。だから、俺がどうにかしてやりたかったんだ」

祐介には全く見られていた自覚はないのだが、石堂の口ぶりでは片手では足りないくらいには見つめられていたようだ。

「実際、会ってみたら、随分と生意気だし、ムカつくことも多かったが、それでもやっぱり何とかしてやりたいと思う気持ちは変わらなかった」

「その結果がこうなるのか？」

「違う。……いや、違わないか」

石堂は自嘲気味に笑って、自らの言葉を言い直す。

「初めてお前にキスしたとき、はっきりとわかった。結局のところ、お前に惚れてたんだってな」

今までわからなかった石堂の不可解な行動の理由が、今の台詞で全て解明された。けれど、祐介には戸惑いのほうが大きかった。

「俺が息子だから？」

「そんな理由で惚れるかよ」

どうしてわからないのかと、石堂はがっくりと肩を落とす。

「俺はそんな節操なしじゃない」

「だったらどうして？　お前はゲイじゃないって……」

「理解しようなんてしなくていい」

なんとか戸惑いを解消しようと、意味のない言葉を発する祐介を石堂が制する。

「とにかくもうお前は俺のもんだから、他の誰にも体を触らせるな」

「勝手なこと……」

「嫌ならいつでもぶん殴れ」

宣言したから、もう手加減はしないとばかりに、祐介の言葉を遮り、荒々しくシャツをたくしあげられた。

「あ……」

素肌を撫でられ、その刺激にというより、前回の記憶が呼び起こされ、体が震えた。

「覚えてるみたいだな」

呟きながら、石堂の手が祐介の肌を撫で回す。腹から胸元へと上がっていく手のひらの熱さが、祐介の体温まで上げていった。

「はぁ……」

熱い息が零れ出る。石堂の指先が胸の尖《とが》りを掠《かす》めたせいだ。

「ここがいいのか？」

「違……う……」

「違う？　こっちはそうは言ってないぞ」

石堂は嬉しそうに笑いながら、指先で摘まんできた。

「いっ……」

微《かす》かな痛みを感じて、祐介は思わず小さな悲鳴を上げた。

「痛くはないだろ？　ほんの少し刺激があるほうがより感じる。違うか？」

石堂の問いかけに祐介は答えられなかった。どんな言葉を紡ごうと、声を出せばその声の調子で真実が知られてしまう。

だが、そうやって必死で口を閉ざそうとしたところで、努力はあっけなく崩された。

「や……あぁ……」

甘く掠れた喘《あえ》ぎは、石堂の唇によってもたらされた。指だけでは足りなかったのか、もう片方の胸を石堂は口で愛撫《あいぶ》し始めた。

指とは全く違う感触に、祐介の腰は自然と揺らめく。堪えることすら思いつかないくらい、それは未知の感覚だった。唇で吸われ、舌で突かれ、歯で甘噛《あまが》みされる。そのどれもが、まさか自分が経験するとは想像すらしていなかった愛撫だ。

「それ……や……」

「何？」

石堂は顔を埋めたまま、いやらしく問い返してくる。

「やめろ……って……」

今度ははっきりと意思を持って、行為を止めるように伝えた。

「こんな楽しいこと、やめられるわけないだろ」

一瞬だけ顔を上げた石堂は、にやついた笑みを浮かべてそう言い返すと、すぐにまた胸元に顔を戻した。

「ひ……っ……ああ……」

さっきよりも尖り、突きだした胸の突起を、石堂がさらに強く吸い上げた。ジンとした痺《しび》れが走り、祐介は背をのけぞらせる。

「そんなに感じるんなら、乳首だけでいけるんじゃないのか？」

「無……理……」

祐介は声を震わせながら訴えた。

「そうか？　それにしちゃ、こっちはもうこんなになってるぞ」

からかうように言った石堂の手が、すっと股間《こかん》に伸びた。

「……くっ……」

ジーンズの上から股間を撫でられ、息を呑む。硬い生地を押し上げるほど、昂《たか》ぶりを見せ始めていたことを、石堂にも知られてしまった。まだ胸しか触られていないというのに、男として恥ずかしくて、体の中心から火が燃え広がったかのように全身が熱くなる。

「このままじゃ苦しいだろ」

だから解放してやると、石堂の手がジーンズのボタンに伸びた。

手際よくジーンズの全てを緩められ、ホッとしたのもつかの間、すぐさま下着ごと引き下げられる。太股《ふともも》で引っかかったそれらは、そのまま足から引き抜かれ、祐介が身に纏《まと》っているのは、肩口で留まっているシャツだけになった。

「あっ……」

外気が触れた屹立《きつりつ》が、ビクリと震える。冷たい風を感じたからではなく、あからさまな石堂の視線が痛かったからだ。

「こっちも口でしてやろうか?」

「口でって……」

何を口でするのか、祐介が想像するより早く石堂が動いた。

「嘘……だろ……」

目を疑う光景と、それに伴う感触に、祐介は呆然と呟くしかなかった。石堂の頭が股間に被さったかと思うと、すぐに濡れた舌が屹立を舐《な》め上げたのだ。

石堂はゲイではないと言っていた。それなのに、どうして躊躇《ちゅうちょ》なく男のものを口にできるのか。しかも、過去に経験がないとは思えないほど、舌の動きは巧みだった。

「く……っ……はぁ……」

屹立への愛撫は、祐介の口からひっきりなしに喘ぎを溢《あふ》れさせる。初めての刺激はあっという間に祐介を限界へと導いていった。

「も、もう……」

快感を堪えることには不慣れで、祐介は石堂に助けを求める。早く楽になりたいと、それしか考えられなかった。

「まだ早い。もう少し我慢しろ」

石堂は顔を上げてから呆れたように言うと、祐介の足を大きく広げさせた。そして、両足の膝裏に手を添え、膝がベッドに着くほど体を丸めさせられた。

「すごい格好だな」

石堂のにやついた笑みと舐め回すような視線が、祐介の羞恥を煽《あお》る。指摘されるまでもなく、自分がどんな姿をさらしているのかわかっていた。奥まで全てを露《あら》わにしたあられもない姿だ。

「離せっ……」

「だから、嫌なら自力で逃げろって言ってるだろ」

逃げない限りは好きにすると最初に宣言したとおり、石堂はさらに次の行動へと進んでいく。ヘッドボードの小さな戸棚に手を伸ばし、そこから小さなボトルを取り出した。

「それ、なんだ……?」

祐介は何をされるのかと石堂に震える声で問いかけた。この状況で全く違う用途に使うものとは思えなかったが、確かめずにはいられない。

「ローション」

「なんで……」

「いつかはお前をここに連れ込もうと常備してたんだよ。俺の健気さがわかったか?」

なんでもないときなら、馬鹿馬鹿しいと笑い飛ばせたことでも、今はできなかった。それだけ求められていたのなら、何もせずに解放などしてもらえるはずがない。

祐介が見つめる中、石堂はボトルの蓋《ふた》を開け、手のひらにねっとりとした液体を垂らす。たったそれだけのことが、その先の行為が予想できるからか、やけに淫猥《いんわい》な光景に見え、祐介は思わず唾《つば》を飲み込んだ。

濡れた石堂の手が祐介の股間の奥へと差し込まれる。

「つっ……」

ひんやりとした感触に声が上がる。普段は秘められている敏感な場所だ。僅かな刺激にも過敏に反応してしまう。

「ほら、こうしたほうがお前も楽だろう?」

まるで祐介のためだと言わんばかりの口調で、石堂が濡れた指を後孔へと押しつけてきた。

「う……くぅ……」

ゆっくりと指を押し込まれ、代わりに息が押し出される。

ローションのおかげで滑りがよくなったとはいえ、圧迫感がなくなるわけではない。祐介が顔を顰めているというのに、石堂は指を抜かないどころか、中を探るように動かし始める。

「あ……はぁ……そこっ……」

石堂の指先が祐介の体をビクンと撥《は》ねさせる。前立腺を擦られては堪えることなどできるはずがない。放置されていた中心は、触れられてもいないのに先走りを零し始める。

「ここがいいのか?」

問いかけながら、石堂がさらにそこを責め立てる。二本に増えた指が、交互に前立腺を突き、擦り、その指の間からローションが注ぎ込まれる。おまけにクチュクチュという淫猥な音に耳まで犯され、祐介の口からはもはや嬌声《きょうせい》としか聞こえない淫《みだ》らな声が溢れていた。

「前も後ろも濡れ濡れだ。どんなになってるのか見たくないか？」

問いかけに祐介は無言で首を横に振る。見えなくても感覚でわかることをあえて指摘するのは、祐介を羞恥で煽りたいからだろう。

「写真に撮っておいてやろうか？」

「やめろっ……」

祐介は初めて本気で石堂をはねのけようとした。仰向けに寝た状態からではできることは少ないが、それでも一矢《いっし》報いようと腕を上げたときだ。

「あぁっ」

一際、大きな嬌声を上げさせられ、祐介の右手は力なくベッドに落ちていった。石堂がタイミングを見計らっていたかのように、前立腺を強く擦ったのだ。

「させるわけないだろ」

石堂は快感で祐介の自由を奪い、その隙に左手一本で祐介の両手を頭の上で一つに纏めた。

「な、何……？」

「今更、抵抗されても困るから、手を使えないようにしておくかなってさ」

祐介は決して ひ弱でもなければ、一般男性に比べて筋力に劣るわけでもない。だが、上から石堂のような大柄な男に押さえつけられると、腕一本とはいえ、簡単には撥ねのけられない。おまけに後孔には指が入れられ、股間は勃起《ぼっき》したままで満足に力が出せるはずもなかった。

石堂の次の行動も素早かった。指を引き抜いたかと思うと、その手で自らのネクタイを一瞬で解き、左手で拘束していた祐介の両手首に絡めていく。きっちりと結ばれるまで、ほんの数秒しかかからないという早業だ。

ついさっきまでは動かそうとすればできた腕が、今は自分の意思では動かせなくなる。それだけのことで、急に言いようのない頼りなさを感じた。

「さてと、ここからが本番だ」

祐介の自由を奪ったからか、石堂はゆったりとした動作で腰を上げ、スラックスと下着をずらして、屹立を引き出した。

目を見張るほどの大きさだ。それがどれほど祐介を苦しめるのか、身を以て知っている。翌日は昼過ぎまでまともに歩くことができなかったのだ。だから、祐介はそれから逃げるため、体を捻《ひね》り、肘《ひじ》を突いてずり上がろうとした。頭で考えてではなく、自然と体が動いただけだった。だが、石堂がそうはさせず、祐介の腰を摑んで引き戻す。

「やっ……」

後孔に何か熱いモノを押し当てられ、祐介は焦って振り返る。

「お前、馬鹿だろ。俺にケツを向けるなんて、やってくださいって言ってるようなもんだ」

石堂は見せつけるように自らの屹立を後孔に擦りつけている。

「……っ……」

衝撃が言葉さえ祐介から奪う。目にしたばかりの凶器が祐介の奥深くまで一気に押し込まれた。

「やっぱり、お前の中はきついな」

背後から若干、苦しそうな声で石堂が感想を口にしている。

嫌ならやめればいい。そう言いたいのに声が出なかった。体の中を硬い凶器で抉られ、圧迫感に苛《さいな》まれながら、荒い呼吸を繰り返すしかできなかった。

「あ……」

前に手を回され、掠れた声が漏れる。石堂が左手だけで祐介の腰を支え、右手を萎《な》えかけた中心に絡めてきた。

「力を抜けって。お前もこのままじゃ辛いだろ」

勝手なことを言う石堂を責めたいのに、祐介は言葉もなく首を横に振るしかできない。この状況では自分の体をコントロールするなど無理だ。

「仕方ないな」

石堂は独り言のように呟き、屹立に絡めた指をゆっくりと動かし始めた。

「ふ……はぁ……」

苦しいのに気持ちいい。祐介は顔を顰めながらも、湧き起こる快感に吐息を漏らす。そして、それは次第に気持ちいいが勝り、ついには圧迫感を上回った。

祐介は必死でシーツに顔を埋めていた。顔を上げれば、絶対に淫らな喘ぎ声を出してしまう。こうしていても、殺しきれない声が漏れるほどなのだ。

祐介の体から緊張が解けたのが、石堂にも伝わったのだろう。前に回っていた手が外され、改めて腰を両手で摑まれる。

「くっ……ああ……っ……」

手加減なく打ち付けられ、祐介は背を仰《の》け反《ぞ》らせて叫んだ。

前立腺を擦りながら、さらにその奥まで屹立は突き進む。指では決して届かない場所まで穿《うが》たれ、後孔だけでなく、つま先から頭の先まで体中全てを犯されている感覚に襲われた。

「あっ……はぁ……ああ……」

何度も激しく腰を打ち付けられ、祐介はもう声を抑えることなどできなかった。頭にあるのは、早く達したい、ただそれだけだった。

「も……もうっ……」

祐介は譫言《うわごと》のように訴える。もう限界だと、早く射精したいと、石堂に訴えるしかなかった。

「ああ、俺も限界だ」

石堂はもう焦らそうとはしなかった。再び、祐介の屹立に指を絡め、終わりへと導く。

「くっ……」

石堂が低く呻いた声は、シーツを握りしめ、言葉もなく達した祐介の耳にも届いた。祐介の放った迸《ほとばし》りがシーツを濡らす。

後孔からゆっくりと石堂が自身を引き抜き、祐介はそのまま崩れ落ちる。呼吸がようやくまともにできるようになったことで、顔だけを横に向けると、視界に石堂が映り込んできた。祐介の上から体をどかし、ベッドの縁に腰掛ける。その手には使い終わったコンドームがあった。中身が零れでないように先を縛ったゴムをベッドの脇にあったゴミ箱に投げ入れている。

今回も石堂はコンドームを使っていたのかと、ぼんやりとした頭で考えていた。前回は意識を失っていたから、後処理をどうしたのか知らなかった。まさか、事務所のゴミ箱に捨てるほど無神経ではないだろうから、持って帰ったとしか考えられないが、その姿を想像すると笑えてくる。

「なんだ、今回は余裕みたいだな」

背中を向けていたくせに、祐介の口元に笑みが浮かんだことに気付いたのか、石堂が振り返って言った。

「余裕があるかどうかは見ればわかるだろ」

起き上がれない状態にされたことを祐介が愚痴ると、石堂は満足げに笑ってから、祐介の両手の拘束を解き放った。

「でも、今回のほうが楽だったろ？」

「どうでもいい」

祐介は横になったまま投げやりに答える。こんなとき何を言えばいいのかわからないから、いつもどおりの自分を装うしかなかった。

「どうでもよくはないだろ」

祐介の態度が納得できないと、石堂が頭を掻く。

「こんなときぐらい、もっと色っぽい言葉の一つも……」

文句を言いかけて、石堂が驚いたようにまじまじと祐介を見つめ、言葉を途切れさせた。そして、数秒の沈黙の後、予想外のことを言い出す。

「そんな顔で見るな。またしたくなるだろ」

「そんな顔って言われても、俺にはこの顔しかない」

不当な文句に憮然として言い返すと、石堂は呆れた顔で笑う。

「俺の前では表情に気をつけろよ。そんなに瞳を潤ませて見つめられれば、誘ってるようにしか見えない」

そう言うなり、石堂が素早く身を屈《かが》め、祐介の唇を奪った。

「お前っ……」

祐介はすぐに石堂の肩を押し返した。

「なんだ。やっぱり跳ね返そうとすればできるんじゃないか」

「当たり前だ」

祐介も男だ。力で簡単にねじ伏せられるとは思われたくないと、ムッとして答える。

「今は拒むときじゃなくて、素直に2ラウンド目に突入の流れだろ」

「そんな流れなんて知るか」

石堂が何を言っているのか、なんとなく理解できたが、体の負担を考えると、これ以上の行為は受け入れられない。さすがに二度も関係を持つと、流されるだけではいなかった。

「やっぱりお前の行動は読めないな。だから、俺はお前に惹きつけられるんだ」

これはきっと愛の告白ということになるのだろうが、祐介は首を傾げてしまう。

「お前、変わってるな」

祐介がしみじみと呟くと、石堂がブッと吹き出した。

「誰に言われても、お前にだけは言われたくない」

ずっと普通がわからなかったのは祐介だ。その祐介から変わり者扱いされたことが不本意だと言いながら、楽しそうに笑う石堂を見て、祐介はやはり変わっているのは石堂だと思うしかなかった。

8

祐介が石堂のマンションを出たのは、午前六時、石堂がまだ熟睡する中、起こさぬよう、そっとベッドを抜け出した。抱き合うのは二度目でも、まだ直後にどうやって顔を合わせればいいのかわからなかったからだ。

一度、自宅に立ち寄り、着替えを済ませてから事務所に行くと、まだ午前八時過ぎだというのに、既にドアの鍵が開いていた。

「おはようございます」

祐介は声を掛けながらドアを開けた。

「おはよう」

出迎えてくれたのは、富野だった。

「早いですね」

「仕事の道具を取りに来たんだ」

「仕事？」

問い返す祐介に、富野は手にしていたビデオカメラを持ち上げて見せた。事務所の備品としておいてある、小型のカメラだ。

「そんな依頼、入ってましたか？」

「昨日、君たちが出て行った後、電話があったんだよ」

「すみません。戻ってこれなくて……」

祐介は瞬時に昨夜のことを思い出し、うっすらと首筋が朱くなるのを感じつつ、頭を下げた。富野にはあらかじめ出かけることは言っておいたし、富野もまた依頼がないからそのまま帰ってもいいと言ってくれていた。それでも戻れなかった原因が原因なだけに、申し訳なさでいっぱいになる。

「気にしなくていいから。どうせ、石堂くんでしょ？」

「そういうわけじゃ……」

「あれ？　誤魔化すんだ？　前は素直に答えてくれたのに」

「普通は話さないものなんですよね？」

いつか富野に教えられたことを口にすると、富野がやられたとばかりに苦笑いする。富野にそんな笑い方をさせられたことが嬉しくて、祐介も自然と笑顔になった。

二人でいるときは、探偵事務所とは思えないほど、和《なご》やかな空気が流れていた。今のところ、殺伐とした依頼が入っていないせいもあるのだが、以前には感じなかった職場の居心地の良さを祐介はしみじみと味わっていた。

だが、そんな雰囲気も長くは続かなかった。廊下を走る足音が響いたかと思うと、すぐさま勢いよくドアが開けられた。

「お前、なんで黙って帰って……」

怒鳴り込んで入ってきた石堂が、富野もいることに気づき、言葉を詰まらせる。

「なんでこんな早い時間に二人が揃ってるんだよ」

「うちの事務所の都合ですから」

富野が澄ました顔で、ことさら他人行儀に答える。その様がおかしくて祐介は笑いを嚙み殺す。

「君こそ、こんな早くからうちに来る暇なんてあるの？」

「署に行く前に顔を出しただけだ」

「随分と遠回りな通勤ルートだよね」

今日の富野は一段と辛辣《しんらつ》だ。もしかしたら、さっき祐介が頭を下げる原因が石堂だとわかったから、その仕返しとばかりにやり込めようとしているのかもしれない。それなら、せっかくの富野の気遣いを無にするわけにはいかない。

「まだ安居《やすい》さんに電話をするには早いですか？」

祐介は真面目な顔を作って富野に問いかける。

「そろそろいいんじゃないかな。携帯なら繋がるでしょ」

打ち合わせもしていないのに、富野が話に乗ってくる。一緒に働き出してわかったことだが、富野は日常の生活に楽しみを見つけ出そうとする人だった。そのいい例が石堂をからかうことだ。

「なんで、安居さんに電話をするんだよ」

石堂がムッとした顔で抗議してくる。

「お前の捕獲を手伝ってた父が亡くなったんだから、俺が引き継ぐしかないだろ」

祐介にしては珍しく冗談を口にしたのに、返ってきたのは笑いではなく、二人の驚きの表情だった。

「今、父って言ったよな?」

「言ったね」

石堂と富野が顔を見合わせて確認し合う。

ずっと野間のことは父親だと認識していた。だが、二人の前ではっきりと言葉にしたのは初めてだ。今、この瞬間に言おうと狙っていたわけではないが、自然と口から零れ出た。違和感を持たずに受け入れられた証拠だ。

「誰が父親でも同じだと思ってましたけど、今はこの人が父親でよかったと思ってます」

祐介は隠してあった写真立てを手に取った。

「こんな俺にでも誰かの役に立ちたいと思わせるきっかけをくれたんですから」

そう言って、祐介は二人に心からの笑顔を見せた。

「よし。だったら、俺がお前を一人前の探偵に仕込んでやるよ」

何に感銘を受けたのか知らないが、石堂が偉そうに申し出てきた。祐介は露骨に胡散《うさん》臭い目で見返す。

「何言ってんだ？　お前は刑事だろ」

「そのとおり。二ノ宮くんを指導するのは、探偵の俺がするから、部外者は引っ込んでてくれる？」

富野がまた祐介に話を合わせてきた。

「そうだ、富野さん、これを機会に事務所内、部外者立ち入り禁止にしませんか？」

「それはいい考えだね。個人情報も扱ってるわけだし」

「ちょっと待て」

話を進めていく祐介と富野の間に、石堂が割って入ってくる。

「それは俺を追い出すってことか？」

「部外者だからね」

当然だろうと富野が即答すると、石堂が苦虫を噛み潰《つぶ》したような表情で答えに詰まる。それがおかしくて、祐介は堪えきれずに吹き出した。

「何がおかしい？」

石堂がムッとして祐介に詰め寄る。

「ここに来たいなら、また仕事を持ってくればいいだけだろ」

今までもそうしてきたはずだと、祐介が答えると、石堂はますます顔を顰めた。

「早速、仕事の催促かよ」

「嫌ならいいが」

「そうは言ってない。ホント、図太くなりやがって」

ぼやく石堂を見て、祐介は口元が緩むのを止められなかった。今までも石堂を怒らせたりしたことはあったが、意図的にやり込めたのは初めてだ。それが嬉しいと感じられる自分の変化もまた嬉しかった。

「わかったよ。また前みたいに調査を頼む」

「その代わり、調査の質は落とさない」

「当然だ。親父さんレベルの調査じゃないと、俺は納得しねえぞ」

石堂の台詞はきっと祐介への励ましに違いない。もう父親と比較されていると気に病むこともなくなった。石堂の気持ちがわかるからだ。

一度も会ったことのない父親が作った事務所を、これからは祐介が続けていく。そのために欠かせない常連客をなくさずにすんだ。不思議な成り行きだが、こうなるのが自然なことだと受け入れる自分自身が、祐介は一番、不思議だった。

あとがき

こんにちは、はじめまして。いおかいつきと申します。このたびは、『探偵見習い、はじめました』を手にとっていただき、誠にありがとうございます。

今回のお話には、探偵が出てきたり、刑事が出てきたりと、ある意味、私の得意分野のはずだったのですが、過去最高の難産でした。最初のプロットからここまで話が大きく変わったのも初めてで、何年、この仕事をやってるんだと、反省しきりでした。

そのせいもあってか、タイトルがなかなか決まらず……。とはいっても、私の案は早々に全ボツになったので、悩まれたのは主に担当様ですが。そういえば、しばらく自分でタイトルを付けていない気がします。相変わらずタイトルセンスは皆無の模様です。

納得いく形に仕上がるまで、付き合ってくださった担当様には、感謝の言葉しかありません。毎度毎度、ご迷惑ばかりおかけして、本当に申し訳ありません。次こそは、最初からバシッと決めてみせたいと思っておりますので、今後ともよろしくお願いいたします。

イラストを描いてくださった小山田《おやまだ》あみ様、素敵な二人をありがとうございました。画面から漂う男臭さにクラクラでした。最後の追い込みはイラストのおかげで乗り切れたようなものです。本当に感謝感謝でございます。

そして、最後にもう一度。この本を手にしてくださった方へ、最大の感謝を込めて、ありがとうございました。

二〇一三年一月　いおかいつき

この本を読んでのご意見、ご感想を編集部までお寄せください。

《あて先》〒105－8055　東京都港区芝大門2－2－1　徳間書店　キャラ編集部気付

「探偵見習い、はじめました」係

■初出一覧

探偵見習い、はじめました……書き下ろし

Chara

探偵見習い、はじめました……【キャラ文庫】

2013年2月28日　初刷

著者　いおかいつき
発行者　川田　修
発行所　株式会社徳間書店
〒105-8055　東京都港区芝大門2-2-1
電話048-451-5960(販売部)
03-5403-4348(編集部)
振替00140-0-44392

印刷・製本　図書印刷株式会社
カバー・口絵　近代美術株式会社
デザイン　佐々木あゆみ

ISBN978-4-19-900700-2

キャラ文庫最新刊

探偵見習い、はじめました

いおかいつき
イラスト◆小山田あみ

勤務先の銀行で横領事件が発生！　犯人と疑われた佑介《ゆうすけ》は、父が遺した探偵事務所と刑事・石堂《いしどう》の力を借り、真相を追うけれど!?

野良犬を追う男

中原一也
イラスト◆水名瀬雅良

警察官僚の息子・新垣《にいがき》と、ヤクザの息子の須田《すだ》。真逆の境遇ながら親友だった二人が、殺人事件の参考人と刑事として対峙して!?

龍と焔

火崎　勇
イラスト◆いさき李果

細い体を組み敷いた遠い記憶──。代替わりした水月《すいげつ》会に出向した、ヤクザの森谷《もりや》。けれど新たな組長は、昔犯した男・堂園《どうぞの》で!?

3月新刊のお知らせ

佐々木禎子［妖狐な弟］cut／佳門サエコ

秀香穂里［教師恋愛論(仮)］cut／三池ろむこ

愁堂れな［猫耳探偵(仮)］cut／笠井あゆみ

お楽しみに♡

3月27日(水)発売予定